헬드라이브
Hell Drive

엽사 판타지 장편소설
FANTASY STORY & ADVENTURE

헬 드라이브 2

초판 1쇄 인쇄 / 2010년 3월 8일
초판 1쇄 발행 / 2010년 3월 18일

지은이 / 엽사

발행인 / 오영배
편집장 / 김경인
펴낸 곳 / (주)삼양출판사 · 드림북스

주소 / 서울특별시 강북구 미아8동 322-10호
대표 전화 / 02-980-2112 팩스 / 02-983-0660
편집부 전화 / 02-980-2116 팩스 / 02-983-8201
블로그 / blog.naver.com/dream_books

등록번호 / 제9-00046호
등록일자 / 1999년 3월 11일

ⓒ 엽사, 2010

값 8,000원

(주)삼양출판사 · 드림북스의 서면 허락 없이는 어떠한
형태나 수단으로도 이 책의 내용을 이용하지 못합니다.

ISBN 978-89-542-3685-0   04810
ISBN 978-89-542-3683-6   (세트)

* 지은이와 협의하에 인지는 생략합니다.
* 잘못된 책은 구입한 곳에서 바꾸어 드립니다.

Hell Drive

헬드라이브 ②

엽사 판타지 장편소설
FANTASY STORY & ADVENTURE

Hell Drive
헬드라이브

제1화 오브의 단서 | 007

제2화 헬리오스 마탑의 제자들 | 043

제3화 사막 부족 술탄 | 081

제4화 11구역 | 113

제5화 사람은 그리 쉽게 죽지 않습니다 | 141

제6화 늪 부족의 술탄 | 165

제7화 파에톤 | 197

제8화 탑주 회의 | 229

제9화 침입자 | 245

제10화 봉인 | 271

제11화 마왕 | 297

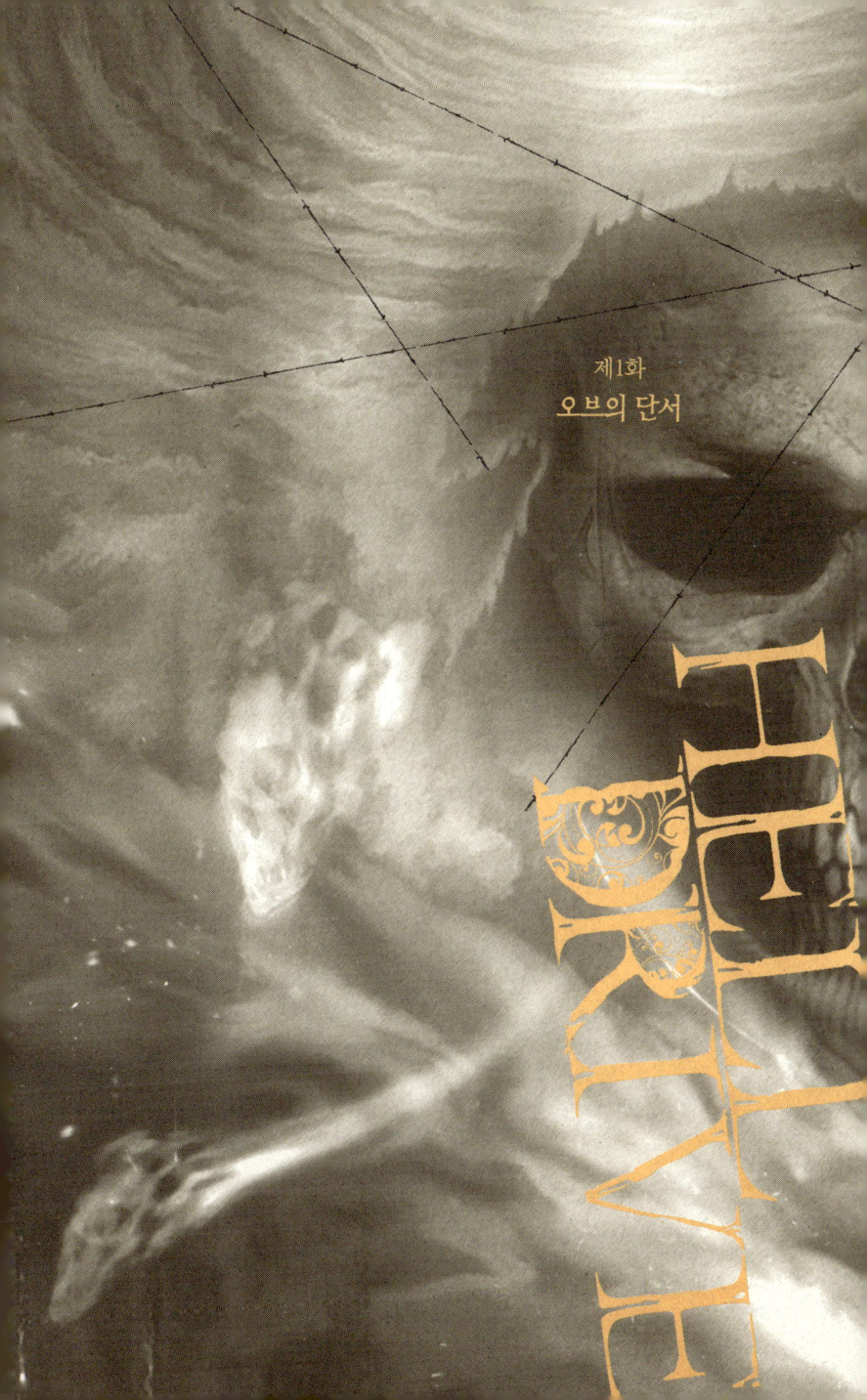

람스와 일행들이 이스턴을 떠난 지 어느덧 5일째가 되었다.
목적지인 오리안이 불과 이틀 거리밖에 남지 않았다.
 이르민과 크래커는 여행 내내 브로큰하트를 경계하느라 밤잠을 설쳐야 했다.
 하지만 그러한 경계심도 여행 5일째에 이르자 조금씩 사라졌다.

 '만약 브로큰하트에게 딴 생각이 있었다면 굳이 람스
 님의 노예를 자처하지는 않았을 거예요.'

이르민이 걱정하는 크래커에게 말했다.

크래커는 그녀의 말이 일리가 있다고 판단했다.

확실히 람스를 대하는 그의 태도는 공손함을 넘어 비굴함까지 느껴졌다.

그 자존심 강한 브로큰하트가 자신보다 훨씬 어린 람스에게 고개를 조아리다니.

그에 대해 아는 사람이라면 자신의 눈을 의심할 것이다.

'그렇다면……'

그가 다른 목적이 있어서 접근한 것이 아니라면, 한 가지 묻고 싶은 것이 있었다.

크래커는 큰마음을 먹고 브로큰하트에게 말을 걸었다.

"저……."

"뭐야?"

조심스럽게 말을 거는 크래커에게 브로큰하트가 심드렁한 표정으로 물었다.

지금까지 내내 자신을 경계의 시선으로 쳐다보던 크래커다.

낮이고 밤이고 감시의 눈길을 게을리하지 않았다.

마음에 안 드는 녀석.

이 몸께서 친히 친근한 미소까지 보여주었음에도 믿지 않다니. 예전 같았으면 참지 않고 그대로 한 방 날려 버렸을 것이다.

하지만 지금은 람스의 눈치가 보여 감히 그러지 못했다.

"저……."

크래커는 입안이 바싹바싹 탔다. 지난 며칠 간 함께 여행을 했지만, 여전히 브로큰하트는 어려운 상대였다.

"무슨 말을 하려고 그렇게 뜸을 들여? 성질나서 못 기다리겠네."

브로큰하트가 눈을 부라렸다.

볼일이 없으면 썩 꺼지라는 협박이었다.

크래커가 뜨끔한 표정으로 말했다.

"무, 물어볼 것이 있습니다."

"뭔데?"

"그것이…… 가능하시다면……."

"가능하면?"

"브로큰하트 님께 의뢰를 한 사람에 대해 알려주실 수 없으십니까?"

"누구? 저쪽 아가씨?"

"네."

크래커의 말인즉, 이르민을 납치해 달라고 의뢰를 한 의뢰주를 알고 싶다는 말이었다.

브로큰하트가 턱을 쓰다듬으며 물었다.

"그게 왜 궁금한데?"

"당연히 배후를 색출해내기 위해서입니다."

크래커의 눈빛이 진지해졌다.

무슨 일이 있어도 배후의 정체를 밝혀 복수를 하고 말겠다.

그런 의지로 넘치는 눈빛이었다.

"흐흐. 여태 사람 눈치만 보고 빌빌거리기에 밸도 없는 녀석인 줄 알았더니, 제법 남자다운 구석이 있었군."

브로큰하트가 껄껄 웃었다. 하지만 그는 이내 웃음을 멈추고 무표정한 얼굴로 대답했다.

"솔직히 말해서…… 몰라."

"네?"

"길드가 의뢰를 하기에 재미있겠다 싶어서 무작정 맡았거든. 그래서 의뢰주가 누구인지 몰라. 관심도 없고."

그저 일을 처리하고 돈만 받으면 그만이었다.

지금까지 브로큰하트가 맡아서 처리한 일 대부분이 그러했다.

가끔은 귀찮은 음모에 말려드는 경우도 있었지만, 크게 신경 쓰지 않았다. 거치적거리는 건 모조리 죽여 버리면 그만이니까. 그것 또한 인생의 즐거움이라 생각했다.

"이번 일만 빼고 말이야. 설마 저런 괴물이 지키고 있을 줄은 상상도 못했거든."

브로큰하트가 람스를 흘낏 보았다.

설마 저런 괴물 같은 존재가 있을 줄이야. 아니, 보다 정확하게 말하면 람스가 아니라 람스의 뒤를 봐주고 있는 마족들이 괴물들이라고 할 수 있었다.

세상 거칠 것 없이 살던 브로큰하트지만 마족들은 무서웠다. 디스터의 무식한 폭행을 떠올리니 절로 부르르 몸이 떨려왔다.

"람스 님은 정말 놀라운 분이시죠."

크래커가 맞장구를 치듯 고개를 끄덕였다.

괴물이라.

과연 람스는 그런 명칭에 딱 어울리는 사람이다.

메딘 산맥의 현자라는 말을 들었을 때만 해도 그는 다른 동료들과 함께 비웃음을 흘렸다.

그저 시골 사람들이 수습 마법사의 하찮은 마법을 보고 수선을 떠는 것이겠거니.

그도 그럴 것이 현자에 마탑주 씩이나 되는 사람이 이제 고작 20대 초반의 새파랗게 젊은 청년이었기 때문이다.

게다가 행동하는 것으로 보아 세상물정에 그리 밝아보이지도 않았다.

이런 사람에게 현자라니.

지나치게 과한 칭호라 생각했다.

그러한 생각이 잘못되었다는 것을 깨닫기까지는 그리 오랜 시간이 걸리지 않았다.

생각과 달리 람스는 어마어마한 실력의 소유자였다.

오일을 비롯한 배신자들을 순식간에 물리치고, 급기야 전장의 분쇄기라 불리는 브로큰하트마저도 굴복시켜서 노예로 부리고 있다.

'람스 님과 만난 것은 정말 큰 행운이었습니다.'

크래커는 따뜻한 시선으로 람스를 보았다.

만약 그를 만나지 못했다면 어떻게 되었을까.

아마도 자신은 죽음을 당했을 것이고, 이르민 또한 험한 꼴을 면치 못했을 것이다.

그렇기에 그의 존재가 더 고마울 수밖에 없었다.

* * *

한편, 람스는 이르민과 대화를 나누고 있었다.

사실 대화라곤 해도 이르민이 일방적으로 수다를 떠는 것에 불과했다.

그녀는 늪 부족의 전사들에 대해 설명하고 있었다.

"늪 부족의 전사들은 특이해요. 그들은 덥고 습한 늪 지역에서 오래 생활해서인지 옷을 거의 입지 않아요. 무기도 부메랑처럼 직각으로 꺾어진 칼을 사용하고, 독을 잘 사용한다고 해요. 사막 부족의 전사들이 용맹하고 두려움을 모르는 용사들이라면 늪 부족의 전사들은 암습에 능한 어쌔신들이에요."

이르민은 또한 사막 부족과 늪 부족의 오랜 적대적 관계에 대해서도 설명했다.

"정확한 이유는 모르지만 아주 오랜 옛날부터 두 부족은 사이가 좋지 않았던 것 같아요. 그런 감정의 골은 종교의 힘으로 하나의 나라가 된 이후로도 융화되지 못하고 지금에까지 이어진 거죠. 지금도 정치, 경제, 군사…… 거의 모든 방면에서 두 부족은 경쟁과 충돌을 계속하고 있어요."

이르민에게 들어보니 알타 내에서 두 부족의 영향력은 가히 절대적인 것이라고 할 수 있었다. 그 때문인지 왕의 명령보다 술탄의 말을 더 신성시 여기는 부족민이 많았다.

"어찌 보면 지금까지 알타 왕국이 두 개의 왕국으로 쪼개지지 않고 유지되고 있는 것이 오히려 놀라운 일인 거죠."

람스는 이르민이 일의 배후로 늪 부족을 의심하는 이유를 알 수 있었다.

과연 두 부족의 사이는 원수와도 같았다.

비록 같은 종교를 믿고, 같은 왕을 모시고는 있지만, 영원히 어깨를 나란히 할 수 없는 사이였다.

"밤이 깊었군요."

무심코 하늘을 올려다보던 람스가 말했다.

이르민이 그를 따라 하늘을 올려다보았다.

둥근 달이 머리 위를 넘어가고 있었다. 어느새 자정을 훌쩍 넘겨 버렸다.

신기한 일이다.

람스와 이런 저런 이야기를 하다보면 시간이 바람처럼 빨리 흘러간다. 특별히 그와의 대화가 재미있는 것도 아닌데.

실제로 그는 그녀가 지금까지 만난 그 어떤 사람보다도 과묵한 편이었다.

그녀가 말을 하는 내내 그가 보이는 반응은 고작해야 미미하게 고개를 끄덕이는 정도가 전부였다.

그럼에도 그녀는 그의 그런 모습이 보고 싶어 정신없이 수다를 떨곤 했다.

참 신기한 일이 아닐 수 없었다.

하지만 언제까지 그와 이야기를 나눌 수는 없었다.

내일의 강행군을 생각하면 지금 자야 했다.

"그만 잘게요."

그녀가 침낭 속으로 몸을 집어넣으며 말했다.

마치 데이트를 즐기던 연인과 헤어지는 기분이 들었다.

저도 모르게 두 볼이 붉어졌다.

'나 좀 이상한 것 같아.'

행여 자신의 이런 모습을 람스가 볼세라, 그녀는 침낭을 당겨 발그레 달아오른 얼굴을 쏙 숨겼다.

하지만 정작 람스는 이르민에게는 전혀 관심을 두지 않고 있었다.

건조한 표정으로 모닥불을 살피던 그가 몸을 일으켰다.

"땔감이 더 필요하겠군."

곁에서 눈치를 살피던 브로큰하트가 벌떡 일어났다.

"제가 가겠습니다."

람스는 그에게 손을 흔들어보였다.

"괜찮아. 바람도 쐴 겸 내가 갔다 올게."
그의 말에 브로큰하트는 곤란한 표정으로 자리에 앉았다.
'람스 님께서 일을 하신 걸 마족들이 알면 곤란해질 텐데.'
어지간히도 마족들을 두려워하는 브로큰하트였다.

* * *

산책을 하듯 느긋한 걸음으로 야영지를 벗어난 람스는 어둠이 짙게 깔린 숲으로 방향을 틀었다.
스산한 바람이 불어오는 어두운 산길을 얼마쯤 걸어갔을까.
깎아지른 듯한 절벽 아래에 다다르자 그가 혼잣말을 하듯 중얼거렸다.
"그만 나오는 게 어떨까?"
어둠 위로 잔잔하게 퍼져나가는 그의 음성.
순간, 풀벌레소리와 바람소리로 소란스럽던 숲이 일시에 조용해졌다. 치열한 숲의 활기 대신 기이한 긴장감이 주위를 휘감았다.
"흐흐흐. 눈치가 꽤 빠른 녀석이군."
절벽 아래의 어둠 속에서 사내 한 명이 비척비척 걸어 나왔다.
달빛 아래를 삐걱삐걱 걷는 모습이 괴이하다.
자세히 보니 그는 오른쪽 다리와 왼쪽 팔에 의족과 의수를 달고 있었다. 쇠로 만들어진 의족과 의수 탓에 걸을 때마다 삐걱거리는 소리가 났다.

사내는 여러 면에서 특이했다.

의족과 의수가 그랬고, 한 달 내내 죽 한 모금 먹지 못한 사람처럼 비쩍 마른 몸과 백태가 낀 하얀 눈이 또 그랬다.

측은함이 절로 일어날 만큼 불쌍한 인생이었다.

만약 길에서 이런 행색의 사람과 마주하게 된다면, 자신도 모르게 동전이라도 던져주게 될 것이다.

하지만 이 사내는 달랐다.

람스를 향해 히죽거리며 웃고 있는 사내는 불쌍하게 보이기는커녕 감정이 없는 살육인형과 같은 느낌이 강하게 풍겼다.

'살기가 짙군.'

순식간에 상대를 파악한 람스는 시선을 옮겨 다른 자들을 확인했다.

어느새 서른 명 가량의 사람들이 괴이한 사내의 등 뒤에 병풍처럼 늘어서 있었다.

다들 하나같이 흉흉한 분위기를 풍기는 자들이었다.

그들은 모두 검은 복면을 착용하고 있었다.

람스의 눈길을 끈 것은 그들의 복면보다 그 아래의 복장이었다.

꽤 쌀쌀한 날씨. 그럼에도 불구하고 사내들은 옷을 거의 걸치지 않았다.

윗옷은 물론이고, 아랫도리도 치부만을 간신히 가리고 있는 정도였다.

복면을 쓴 자들이 정작 옷을 거의 벗고 있다니.

모르는 사람이 본다면 변태 같은 모습이라며 대소를 터트릴 상황이었다. 하지만 조금만 주위를 기울여 그들을 제대로 본다면 절대로 웃지 못할 것이다.

그들의 양 어깨에 독을 품은 섬뜩한 독사 문신.

그것이 의미하는 것은 오직 하나였다.

"늪 부족의 전사들인가?"

람스가 물었다.

사내들은 대답이 없었다.

하지만 람스는 그들의 호흡이 미세하게 어긋나는 것을 감지할 수 있었다.

"네가 소문의 그 마탑주냐?"

람스는 고개를 끄덕였다.

"그 마탑주가 헬리오스 마탑주를 뜻하는 것이라면 그렇다. 내가 바로 헬리오스 마탑의 탑주, 람스다."

"흐흐흐. 당당한 녀석이군. 그런데…… 우리가 이곳에 있는 줄 어떻게 알았지?"

사내의 두 눈에 호기심이 어렸다.

그들은 이 숲에 숨어 람스 일행의 동정을 살피고 있었다.

사내는 람스와 그 일행들이 긴장을 풀고 잠들기를 기다렸다가, 늪의 뱀처럼 은밀히 접근하여 단숨에 처리할 생각이었다.

그런데 채 계획을 시도하기도 전에 들켜 버리고 말았다.

어떻게?

의문이 일었다.

람스 일행과 그들이 숨어 있는 곳과는 제법 거리가 있었다. 제아무리 눈치가 빠른 작자라 해도 절대로 알아챌 수 없는 거리다.

게다가 그들은 늪 부족의 전사들.

은신의 달인들이 아닌가.

람스는 가볍게 자신의 코끝을 두드리며 말했다.

"냄새가 나더군."

"냄새?"

사내의 입술 끝이 꿈틀하고 비틀렸다.

냄새를 맡았다고? 헛소리.

짐승이 아닌 바에야 그 먼 거리에서 냄새를 맡을 수 있을 리가 없지 않은가.

"농담이 심하군. 어쨌거나 우리를 발견하다니, 상당히 운 좋은 녀석 같군. 아니, 오히려 불운한 건가? 덕분에 가장 먼저 죽게 됐으니 말이야."

그가 람스를 가리키며 의수를 까딱였다.

그 신호에 맞춰 늪 부족 전사 둘이 앞으로 나섰다.

"처리해."

늪 부족 전사들은 그의 명령에 대답하지 않았다.

대답 대신 람스를 향해 몸을 날렸다.

느닷없이 시작된 기습.

어느새 그들의 손에는 직각으로 휘어진 칼이 쥐여져 있었다. 이르민이 말하던 늪 부족 전용의 무기였다.

촤륵. 촤악!

날카로운 섬광이 어둠을 갈랐다.

전사들의 칼솜씨는 놀랄 정도로 정밀했다.

하지만 그 뛰어난 실력도 람스의 상대로는 역부족이었다.

쾅!

묵직한 충격음과 함께 람스를 기습했던 전사들이 엄청난 속도로 튕겨져 나갔다.

달려든 속도보다 훨씬 빠른 속도로 튕겨나간 전사들은 절벽에 부딪히며 요란하게 쓰러졌다.

"……?"

"……!"

석상처럼 미동도 않고 서 있던 늪 부족 전사들의 얼굴 위로 놀란 표정이 떠올랐다.

대체 어떻게 당한 거지?

스스로 뛰어난 전사들이라 자부했다. 그러나 그들 중 어느 누구도 방금 전에 벌어진 공방을 보지 못했다.

그들이 본 것이라곤 동료 둘이 람스에게 달려들었고, 그 다음 순간 폭음과 함께 쓰러졌다는 것뿐이다.

'놈은?'

고개를 돌려보니 람스는 처음 모습 그대로 그 자리에 서 있었다. 마치 방금 전의 일이 자신과는 아무 상관없다는 듯 태연한 모습이었다.

"멍청한 녀석들. 주먹이다."

사내가 짜증어린 음성으로 말했다.

그는 유일하게 람스와 전사들 사이의 공방을 본 사람이었다.

하지만 그조차도 람스의 동작을 제대로 보지는 못했다. 그저 희뿌연 손 그림자만을 보았을 뿐이다.

'제법이군.'

시골의 이름 없는 마탑의 주인이라고 하더니.

이 정도면 어지간한 기사를 상회하는 무력이 아닌가.

"매직나이트인가? 하긴 이 정도는 돼야 사냥할 맛이 나지."

람스의 뛰어난 실력을 보고도 그는 긴장하지 않았다.

오히려 잔뜩 여유를 보였다.

람스의 실력이 자신의 예상과는 달랐으나, 아직 허용범위다. 오히려 좀 더 화끈하게 즐길 수 있게 되었으니 즐겁기까지 했다.

사내가 다시 손을 까닥였다.

대기하고 있던 늪 부족 전사가 모두 나섰다.

"쳐라."

사내가 명령했다.

스스스.

늪 부족 전사들이 신형을 날렸다.

바람과 같은 속도로 일제히 람스를 향해 달려들었다.

사방에서 무수하게 날아드는 공격.

람스에게 수십 개의 팔이 없는 한 그 모든 공격을 막는 것은 불가능해 보였다.

람스는 방어 대신 공격을 택했다.

"흠."

가볍게 심호흡을 한 그가 돌연 주먹으로 발아래의 지면을 내리쳤다.

쿵!

거대한 무쇠해머로 내리친 듯한 파열음.

그 충격이 얼마나 대단했던지 순간적으로 지면이 출렁하고 파도를 칠 지경이었다.

사람의 주먹으로 일으킨 위력이라고는 도저히 믿기 힘든 위력.

그러나 제아무리 대단한 공격도 상대를 맞추지 못하면 아무런 소용이 없는 법.

수십 자루의 칼날이 전신을 헤집어 놓으려고 하는 이때에 엉뚱하게 지면이나 후려치다니.

오브의 단서 23

자신의 힘이라도 증명하고 싶었던가 보지?

하지만 그 짧은 빈틈 때문에 네놈은 죽게 될 것이다.

늪 전사들은 속으로 조소했다.

바로 그때였다.

전사들이 람스에게 우르르 몰려든 바로 그 순간.

쾅!

람스의 주변 10미르의 땅거죽이 폭음과 함께 일제히 뒤집혔다.

람스의 주변 지형이 일제히 폭발한 것이다.

전사들은 발아래에서 치고 올라오는 그 치명적인 공격을 피하지 못했다.

흙과 자갈을 동반한 충격파를 온몸으로 받아낸 늪 부족 전사들은 일제히 비명을 흘리며 사방으로 퉁겨져 날아갔다.

단 일격.

한순간에 끝난 승부였다.

"이, 이게 뭐야?"

의수를 한 사내의 얼굴이 흉하게 일그러졌다.

설마 28명이나 되는 전사들을 한순간에 모조리 날려 버릴 줄이야.

"마법? 아니야. 이런 마법은 없어. 지면을 때려서 충격파를 일으킨다고? 황탑의 마법사들 중에도 이런 마법을 사용하는 자는 없었다."

람스가 대답했다.

"헬 그라운드. 헬리오스 마탑의 마법이다."

"헬 그라운드? 지나치게 으리으리한 명칭이군. 지옥의 대지라면 최소한 들끓는 용암이나 불타오르는 먹구름 정도는 있어야 하지 않겠어?"

사내의 조소에 대한 람스의 대응은 담담했다.

"원한다면 진짜 지옥을 보여줄 수도 있다."

"……!"

사내의 얼굴이 딱딱하게 굳었다.

람스의 말.

방금 펼친 헬 그라운드는 제대로 실력발휘를 하지 않았다는 의미가 아닌가. 다시 말해, 본신의 힘을 제대로 펼친다면 지옥의 대지라는 이름에 걸맞은 위력을 발휘할 거라는 뜻이었다.

"거만하군."

사내의 입술이 보기 흉하게 뒤틀렸다.

"흐흐흐. 젊어서 그런가? 여유가 넘쳐. 하긴 뭐든 자신감이 넘칠 나이지. 하지만 곧 후회하게 될 거다. 네 실력이 제법 뛰어난 것은 사실이지만, 내 상대는 결코 될 수 없으니까 말이야."

"너무 확신하지 않은 것이 좋을 텐데?"

"크흐흐흐. 네놈이 얼마나 강한 놈이든 난 상관없다. 어차피 이제 끝이니까 말이야."

"……?"

람스가 그의 비릿한 말투에 의문을 느꼈을 때다.

문득 이상한 냄새가 맡아졌다.

달큰한 감미로운 냄새.

자연적인 숲에서는 결코 맡을 수 없는 냄새가 코끝으로 스며들었다.

람스의 낯빛이 딱딱하게 변했다.

"독!"

달큰한 냄새의 정체.

그것은 치명적인 독이었다.

람스는 그러한 독에 노출된 것이다.

　　　　*　　*　　*

"크하하하하하."

사내가 하늘이 떠나갈듯 웃어 제꼈다.

그는 람스가 제대로 중독이 되었다고 확신했다.

아무렴, 수하들을 모조리 희생시켜가며 은밀히 독을 사용했는데, 중독되지 않으면 섭섭하지.

"지옥에 가거든 이 팬크러즈 님께서 보냈다고 말하거라. 내가 보낸 놈들이 그곳에 잔뜩 있을 테니까 심심하지는 않을 게다!"

"……."

람스는 잠시 말없이 서 있었다.

그러다 느린 어조로 물었다.

"비겁하다는 생각은 들지 않나?"

"무슨 상관인가. 이기면 그만이지. 죽은 뒤에 비겁하고 비열하다고 아무리 떠들어봐야 들어줄 사람은 아무도 없거든."

"그렇다고 수하들까지 희생시키다니."

"그건 어쩔 수 없었지. 네놈은 제법 상대하기 까다로운 녀석이었거든."

람스는 강하다.

첫 눈에 그는 람스가 강적임을 알아봤다. 만약 제대로 붙었다면 이쪽도 꽤 큰 피해를 면치 못했을 것이다.

"하지만 독을 사용하면 다르지. 보다시피 다칠 위험도 없고 편하잖아?"

"수하들에게 미안하지는 않나?"

"그깟 놈들. 필요하면 얼마든지 충당할 수 있는 소모품일 따름이지."

"독한 자로군."

"흐흐. 이 세상은 원래 그런 자들이 지배하는 거야!"

"과연 그럴까?"

슥.

람스의 모습이 사라졌다.

그리고 다음 순간 팬크러즈의 눈앞에 나타났다.

"네, 네놈……."

팬크러즈의 눈이 찢어질 듯 커졌다.

람스의 지금 움직임.

보지 못했다. 아니, 볼 수가 없었다.

"너…… 중독되지 않았구나."

람스는 차갑게 웃었다.

그렇다. 그는 처음부터 중독되지 않았다.

애초에 독이 통하지 않는 몸이다.

다만, 팬크러즈가 은밀히 독을 살포한 것을 눈치채고 표정을 찡그린 것뿐이다.

"난 지나치게 단 냄새는 싫어해서 말이야."

"닥쳐라. 이 교활한 놈!"

일갈과 함께 팬크러즈가 대뜸 공격을 날렸다.

의수에서 철컥하는 소리와 함께 녹슨 칼이 튀어나왔다.

의족에서도 갈고리 모양의 괴이한 무기가 튀어나왔다.

"신기한 팔다리군."

람스가 건조하게 말하며 오른손을 가볍게 움직였다.

목을 노리는 의수를 툭 하고 쳐내고, 아랫배를 찔러오는 의족을 밀듯이 털어냈다.

그 가벼운 한 수에 팬크러즈의 몸이 팽이처럼 회전했다.

람스가 발로 툭 하고 걷어차자 형편없는 모양새로 쓰러지고 말았다.

"이, 이놈!"

바닥을 뒹굴게 된 팬크러즈는 분노했다.

이렇듯 농락을 당하다니.

그의 인생을 통 털어 처음 경험하는 모욕이다.

그러나 곧바로 이어진 람스의 말에 그는 아예 이성의 끈마저 놓아야 했다.

"형편없군."

다소 실망했다는 표정이다.

팬크러즈의 얼굴이 순간 멍해졌다. 그리고 다음 순간, 안면의 모든 근육이 경련을 일으켰다.

"네노옴! 반드시 죽인다!"

철컥.

의수의 윗부분이 열렸다.

"죽어라!"

팬크러즈의 괴성과 함께 녹색의 달콤한 가루들이 연막처럼 뿌려졌다.

초 근거리에서 터진 독연.

람스와 팬크러즈, 둘 모두 피하지 못했다.

"크, 크흐흐. 어떠냐. 이놈."

팬크러즈가 낄낄거리며 웃었다.

그러다 곧바로 탁한 기침과 함께 피를 토했다.

그 역시 독의 침범을 막을 수는 없었다.

방금 전의 공격은 목숨을 건 자폭공격이었다.

덕분에 함께 중독되는 꼴을 면하지 못했다.

그래도 팬크로즈는 만족했다.

이 얄미운 녀석에게 독을 한 움큼이나 선사했기 때문이다.

그러나…….

"아직도 모르겠나? 내겐 독이 통하지 않아."

녹색의 독연 속에서 람스의 음성이 들려왔다.

그리고 다음 순간.

화악!

검은 불길이 일어났다.

그 불길은 그저 작은 불똥에 불과했지만, 곧 주위를 가득 메운 독가루와 연쇄적으로 반응하며 큰 폭발로 증폭되었다.

콰앙!

폭음과 함께 요란한 폭발이 일었다.

그 폭발로 주위를 뒤덮은 독가루 대부분이 타버렸다.

"네, 네놈은…… 도대체 누구냐."

희뿌연 연기 속에서 그림 같은 자태로 서 있는 람스를 보며 팬크러즈가 물었다.

독에도 당하지 않았고, 방금 전의 분진폭발도 그의 옷깃 하나 그을리지 못했다.

람스가 대답했다.

"헬리오스 마탑의 탑주다."

* * *

'마, 말도 안 돼!'
팬크러즈는 속으로 비명을 질렀다.
시골구석의 이름 없는 마탑이라고 했다.
그런 곳의 녀석이 이렇게 엄청난 능력이라니.
두 눈으로 직접 보고도 믿지 못할 일이다.
"어떻게 중독되지 않은 거지?"
"몰랐나? 헬리오스 마탑은 화염 계열이다."
"화염 계열이 독에 대한 내성이 강하다는 것은 알고 있다. 하지만 그렇다고 독이 전혀 통하지 않는다는 건 아니야. 게다가 내가 사용하는 독은 보통의 독과도 다르다."
"그래? 난 차이를 잘 모르겠던데."
람스의 태연한 말에 팬크러즈는 말문이 콱 막혔다.
무슨 이런 괴물 같은 녀석이……
그러다 무슨 생각이 들었는지 돌연 람스를 손으로 가리키며 큰 소리로 외쳤다.
"네, 네놈. 오브 사용자였구나!"
독이 통하지 않는 상대.
시골구석의 마탑주이면서도 이와 같은 엄청난 힘을 발휘하며, 또한 주문도 없이 자유자재로 일으킨 불똥.

그 모든 정보를 하나로 모으자 새로운 사실이 떠올랐다.

바로 오브 사용자.

"오브?"

람스는 어리둥절했다.

오브라니?

그가 의문을 표할 때다.

돌연, 팬크러즈가 몸을 돌려 달아나기 시작했다.

승산이 없다는 판단이 들자 곧바로 도주를 선택한 것이다.

"네놈. 이번엔 네놈이 오브 사용자라는 것을 모르고 싸우다 당하고 말았지만, 다음엔 어림도 없을 것이다. 내 기필코 네놈에게 복수를 하겠다. 그때까지 목이나 잘 씻고 기다리거라."

그러나 다음 기회란 없었다.

몸을 돌려 달아나던 그는 다음 순간 원래의 자리로 돌아와야 했다.

어느새 람스가 그의 앞을 가로막고 섰기 때문이다.

"네, 네 녀석."

팬크러즈의 두 눈이 휘둥그레졌다.

이 무슨 말도 안 되는 움직임이란 말인가.

단순히 빠른 정도가 아니다. 아예 움직임을 보지도 못했다.

가히 섬광과도 같은 움직임.

'방금 전의 싸움은 최선을 다한 것이 아니란 말인가.'

가슴속에 찬바람이 일었다.

"오브가 뭐지?"

그의 앞을 가로막고 선 람스가 낮은 음성으로 물었다.

지금까지와는 전혀 다른 표정과 말투였다.

팬크러즈는 남달리 간이 큰 사내였지만, 람스의 음성을 듣는 순간 몸이 부르르 떨리는 것을 참을 수 없었다.

"내, 내가 순순히 말해 줄 것 같으냐!"

팬크러즈는 마지막 자존심이라도 지키는 듯 의수를 내질렀다. 그러나 그의 공격은 보잘 것 없는 저항에 불과했다.

람스가 손을 내밀어 의수를 잡아 쥐었다.

치이익!

그의 손에서 일어난 검은 불길에 무쇠로 만들어진 의수가 엿가락처럼 녹아내렸다.

순식간에 의수를 무용지물로 만든 람스는 곧바로 팬크러즈의 목을 움켜쥐었다.

팬크러즈는 달아나려 발버둥을 쳤다.

그러나 람스의 손은 마치 무쇠로 만들어진 갈고리처럼 그의 목을 옥죄어 옴짝달싹도 할 수 없었다.

"말해라. 오브가 뭐지?"

람스의 두 눈에서 붉은 기운이 넘실거렸다.

그의 섬뜩한 눈빛을 본 팬크러즈가 몸을 부르르 떨었다.

람스의 눈빛 속엔 거대한 존재감이 숨어 있었다.

그 존재감을 대면한 팬크러즈는 공포에 떨 수밖에 없었다.

생애 처음으로 느껴보는 공포.

특수한 환경에서 자란 팬크러즈는 지금까지 공포라는 것을 느껴본 적이 없었다.

천성적으로 감정이 결여되어 있기 때문이다.

그럼에도 불구하고 지금 이 순간, 그는 공포에 몸을 떨 수밖에 없었다.

"오브가 뭐지?"

람스가 다시 물었다.

그는 본능적으로 팬크러즈가 뱉은 오브라는 말이 자신과 관계가 있다는 느낌을 받았다.

착 가라앉은 람스의 목소리.

그 엄청난 위압감을 감당하지 못한 팬크러즈가 드디어 입을 열었다.

"오, 오브는 힘과 기, 기억이 담긴 특수한 구슬……"

"오브 사용자는 뭐지?"

"오, 오브 사용자는…… 오브 속에 담긴 힘을 흡수한…… 사, 사람을 일컫는 말……"

람스의 눈동자에 이채가 서렸다.

과연 오브와 오브 사용자란 말은 그와 밀접한 관련이 있었다.

"오브에는 어떤 종류가 있지? 누가 만들 수 있는 것인가?

혹, 오브 중에 마계와 관련된 것이 있는가?"

"그것은……."

떨리는 음성으로 말을 이어나가던 팬크러즈가 갑자기 몸을 심하게 떨었다.

그리고 다음 순간.

"그건 말해 줄 수 없다."

단호한 음성으로 람스를 거부했다.

어찌된 이유에선지 방금 전까지 공포에 절어 있던 그의 표정도 지금 이 순간엔 한없이 느긋해 보였다.

심지어 히죽히죽 웃기까지 했다.

람스의 눈빛이 한 겹 얼음을 덧씌운 것처럼 차갑게 변했다.

"넌 누구냐."

람스는 지금 팬크러즈의 몸을 지배하고 있는 것이 다른 인격임을 눈치챘다.

누군가 원격으로 팬크러즈를 조종하고 있는 것이다.

"휘유."

팬크러즈가 놀란 표정으로 휘파람을 불었다.

그리고는 장난스럽게 말을 이었다.

"단숨에 눈치를 채다니, 과연 평범한 사람은 아니군. 헬리오스 마탑의 탑주."

과연 람스의 생각대로 팬크러즈의 몸을 조종하는 자가 있었다.

"네놈이냐? 이놈들의 배후가?"

"그럴 수도 있고, 아닐 수도 있지."

"……."

"그렇게 초조한 표정 지을 필요는 없어. 곧 우린 다시 만나게 될 거야. 자네와 우리 사이엔 운명적인 만남이 예정되어 있거든."

"……?"

"이런, 대화시간이 너무 길었던 모양이야. 팬크러즈의 수명이 거의 다 됐군. 그럼, 이번 만남은 이만 줄일게. 너무 안타까워하진 말게. 곧 다시 만날 테니까 말이야."

팬크러즈가 익살스런 표정으로 람스에게 윙크를 했다.

다음 순간, 그의 얼굴이 일그러지며 입 밖으로 검붉은 피를 뿜어냈다.

람스를 잡기 위해 사용한 독이 그의 내부를 녹이고 있었다. 팬크러즈는 몸속의 피와 내장을 모조리 쏟아내고는 죽어 버렸다.

가죽만 남은 팬크러즈의 시신을 내려다보는 람스의 표정은 그 어느 때보다도 무거웠다.

간신히 오브의 비밀을 알게 되었다고 생각했다.

하지만 또 다른 의문만이 남았을 뿐, 비밀은 더욱 깊어졌다.

"오브 사용자라."

팬크러즈의 말에 따르면 람스는 오브 사용자가 확실했다.

스승님이 남긴 유산.
스승께서 평생토록 연구하려 했던 그 구슬.
그것이 바로 오브였다.
그리고 람스는 어떠한 이유로 오브의 힘을 흡수한 것이 틀림없었다.
"오브 사용자라."
람스는 뒷짐을 진채 하늘을 올려다보았다.
어느새 달이 지고 있었다.
"서두를 필요는 없겠지."
어차피 녀석들이 찾아온다고 했다.
느긋하게 기다리다보면 언젠가 또 기회가 올 것이다.
"오브 사용자란 말이 있다는 것은 나와 같은 능력의 사람들이 더 있다는 의미이겠군. 과연 그들은 어떤 능력을 가지고 있을지 궁금하군."
팬크러즈의 시신을 내려다보며 람스는 의미를 짐작키 어려운 미소를 지었다.

* * *

"히야. 이 녀석 대단한걸."
어둠 속에서 한 청년이 환성을 내질렀다. 마치 흥미로운 장난감을 발견한 소년처럼 잔뜩 들뜬 모습이다.

그는 방금 전 팬크러즈의 몸을 통해 람스와 대화한 인물이었다.

"하트 님. 헬리오스 마탑의 탑주가 정말 그렇게 대단합니까?"

그의 발아래 고개를 조아리고 있던 자가 조심스럽게 물었다.

하트라 불린 청년이 고개를 끄덕였다.

"그래. 대화하는 내내 온몸이 쩌릿쩌릿하더군."

그때의 압박이 떠오르는 듯 하트는 한차례 몸을 부르르 떨었다. 그러나 그 떨림은 두려워서가 아니었다.

좋은 적수를 찾아낸 기쁨과 희열이었다.

고개를 조아린 사내의 표정이 심각해졌다.

'놈의 실력이 그처럼 대단할 줄이야.'

하트의 실력이 얼마나 대단한지 너무도 잘 알고 있었다.

팬크러즈와는 비교도 되지 않는 강자.

아니, 비교 자체가 불가능한 수준의 강자다.

원하면 언제 어디서든 팬크러즈쯤은 벌레 죽이듯 가볍게 죽일 수 있는 실력을 가지고 있다.

그런 그가 람스를 인정하고 있다.

그만큼 람스가 강하다는 의미다.

또한 앞으로의 일이 더욱 귀찮아질 것이라는 의미를 내포한 말이기도 했다.

"어떻게 처리하는 것이 좋겠습니까?"

"글쎄. 내 마음대로 될 일도 아니고. 아이볼이 또 무슨 대책을 세우겠지. 원래 음모를 꾸미는 건 아이볼이 탁월하잖아?"

하트는 남의 일인 양 히죽히죽 웃기만 했다.

사내는 한숨을 쉬었다.

하트는 감히 측정할 수 없을 만큼 강하고 똑똑하다. 하지만 그에겐 몇 가지 단점이 존재했다.

바로 지금처럼 조직을 위해 노력하지 않는다는 점이다.

특히, 이렇게 장난스러운 웃음을 보일 때는 그 어떤 말도 소용없었다.

"알겠습니다. 아이볼 님께 여쭤보겠습니다."

하트에게 꾸벅 허리를 굽힌 사내는 어둠 속으로 사라졌다.

홀로 남게 된 하트는 람스에 대한 호기심을 키워나갔다.

"과연 얼마나 대단한 녀석일까. 부디 날 실망시키지 않았으면 좋을 텐데 말이야."

* * *

"팬크러즈가 당했다고?"

아이볼이 음침한 목소리로 물었다.

방금 전까지 하트와 함께 있었던 사내가 공손하게 대답했다.

"하트 님께서 확인하신 내용입니다."

"……"

아이볼은 잠시 말이 없었다.

팬크러즈의 죽음이 도저히 믿기지 않았다.

하지만 믿을 수밖에 없었다.

하트가 보았다지 않은가.

다른 건 몰라도 하트의 능력 하나만큼은 신임할 수 있었다.

"설마 팬크러즈가 당할 줄이야. 헬리오스 마탑의 탑주라는 녀석을 너무 얕봤군."

아무리 젊다 해도 마탑의 탑주.

숨겨둔 비장의 한수 정도는 있었던 모양이다.

"어찌할까요?"

사내가 물었다.

이르민의 일은 그들 조직이 오랜 기간 심혈을 기울이고 있는 계획 중 하나다.

아이볼은 고개를 흔들었다.

"사막 부족의 술탄이 직접 딸을 찾아 나섰다. 이제와 새로 사람을 보내도 늦을 것이다. 팬크러즈가 당할 것을 예상 못한 내 불찰이다."

"그러하시면……"

"아쉽지만 이르민의 일은 잠시 보류한다."

그는 이를 으드득 갈며 말을 이었다.

"대신 헬리오스 마탑을 철저하게 박살내라. 우리의 일을 방해한 대가를 톡톡히 받아내야 할 것이다."
 어둠 속에서 그의 두 눈이 섬뜩한 빛을 뿜어냈다.

제2화
헬리오스 마탑의 제자들

찬바람이 불고 있는 메딘 산 정상.

한 무리의 복면인들이 산 정상에 자리 잡은 헬리오스 마탑을 바라보고 있었다.

그들은 아이볼의 명령을 받고 헬리오스 마탑을 치러온 전사들이었다.

"설마 저것이 마탑이란 말인가?"

사내들의 두 눈엔 불신이 가득했다.

명령을 받고 메딘 산 꼭대기에 있다는 마탑을 찾아 헤맨 지 수 시간. 오랜 시간 동안 메딘 산 구석구석을 뒤졌다. 하지만 사람이 살 만한 곳은 지금 그들이 보고 있는 허물어져가는 가옥 한 채가 전부였다.

처음 이 가옥을 발견했을 때만해도 설마 이 건물이 마탑이라고는 꿈에도 생각하지 못했다.

그도 그럴 것이 마탑이라고 하면 으레 하늘 높은 줄 모르고 높이 솟은 탑을 떠올리기 마련이다.

실제로 대륙의 유명한 마탑들 역시 하나같이 그런 형태를 띠고 있지 않은가.

그래서 이름에도 탑이라는 단어가 들어가 있는 것이다.

그에 반해 눈앞에 보이는 다 쓰러져가는 헛간 같은 건물.

'아니야.'

'절대로 저건 아니지.'

다들 고개를 저었다.

저 건물은 절대로 아닐 거란 생각이 들었다.

게다가 그 건물에 살고 있는 사람들도 죽을 날만 손꼽아 기다리는 노인과 게으른 청년, 그리고 하루 종일 해실거리며 웃고 있는 젊은 여자가 전부였다.

건물의 형태와 그 건물에 살고 있는 사람들의 면면까지 모조리 확인한 그들은 이렇게 결론을 내렸다.

'역시 아니군.'

마탑과는 손톱만큼도 관련이 없을 것이란 확신이 생겼다.

자연스럽게 그들의 생각은 다른 방향으로 흘러갔다.

'헬리오스 마탑은 다른 곳에 숨겨져 있음이 분명하다.'

'너무도 교묘한 곳에 숨겨져 있어서 쉽게 찾을 수 없는 것이다.'

'찾아라. 의심 가는 곳은 모조리 뒤져라. 어쩌면 지상이 아니라 지하에 있는지도 모른다.'

그 후로 복면인들은 무려 삼 일 밤낮으로 메딘 산 일대를 샅샅이 뒤졌다.

삼 일 동안 그들은 그야말로 작은 풀포기, 하찮은 자갈 하나도 놓치지 않았다. 그러나 그런 노력에도 불구하고 소득은 아무것도 없었다.

마탑은커녕 사람이 살고 있는 곳조차 드물었다.

그렇게 메딘 산 일대를 모조리 뒤진 복면인들은 결국 다시 문제의 허름한 건물 근방으로 모여들었다.

"설마……."

"저곳이 정말 마탑이었단 말인가?"

믿을 수 없지만 그 밖의 다른 가능성은 생각해 볼 수 없었다. 그러나 순순히 믿기엔 머릿속에 뿌리 내린 고정관념이 너무도 굳건했다.

혼란스럽기만 한 생각을 정리해 준 것은 아랫마을에 다녀온 수하의 보고였다.

"맞댑니다."

"뭐가 맞단 거냐?"

"저 허름한 건물요. 헬리오스 마탑이 맞댑니다."

"……!"

복면인들의 표정이 동시에 일그러졌다.

가장 생각하기 싫은 가능성이 확신으로 변하는 순간이다.

표적을 눈앞에 두고 지난 3일 동안 온 산을 헤맨 것을 생각하니 억울해서 눈물이 날 지경이었다.

"가자!"

목구멍까지 치밀어 오른 화를 애써 집어 삼키며 복면인들의 리더가 말했다.

"놈들을 모조리 잡아 죽이고 저 헷갈리는 집구석을 불태워 버리자. 그래야 화가 좀 풀리겠어."

* * *

헬리오스 마탑엔 3명의 제자가 있었다.

노인과 게으른 청년, 그리고 조금 정신상태가 이상한 여자.

마침 그들 세 명은 각기 다른 장소에 머무르고 있었다. 당연히 그들을 제거하러 나선 복면인들도 세 무리로 나뉘었다.

첫 번째 무리는 헬리오스 마탑의 첫째 제자인 오드만을 맡았다.

오드만은 마탑의 앞마당에서 장작을 패고 있었다.

그는 작은 손도끼를 사용하고 있었는데, 통나무의 윗부분을 가볍게 톡 건드리는 것만으로도 통나무가 둘로 쪼개지며 장작이 완성되었다.

 귀찮은 일을 하듯 건성으로 일을 하는데 반해, 정작 완성된 장작은 잘려진 표면이 유리처럼 매끄럽고, 크기도 일정했다. 장작에 관해서라면 능히 명인 소리를 들을 만한 실력이었다.

 그렇게 한참동안 장작을 패던 오드만은 불현듯 도끼질을 멈추고 하늘을 올려보았다.

 오늘따라 햇살이 너무도 따뜻했다.

 이처럼 아늑한 오후의 햇살은 그와 같은 노인에겐 정말 치명적이었다. 그는 어느새 병든 닭 마냥 고개를 기울이며 꾸벅꾸벅 졸았다.

 얼마나 졸았을까.

 "이봐, 일어나."

 누군가 그를 깨웠다.

 오드만이 부스스 눈을 비비며 고개를 들었다.

 시커먼 두건을 쓴 사람들이 좁은 안마당을 가득 메우고 있었다.

 '잠이 덜 깼나?'

 오드만은 멍한 눈으로 그들을 올려다봤다.

 그 맹한 모습에 그를 처리하러 나선 복면인들은 짜증이 치솟았다. 이런 녀석들을 찾아내려고 지난 3일 동안 온 산을 헤맨 것을 생각하니 없던 울화도 치밀 지경이었다.

 '정말 여기 마탑 맞아?'

한심한 눈으로 오드만을 내려다보던 사람들이 의심스런 눈길로 정보원에게 바라봤다.

아랫마을에서 정보를 입수한 정보원이 무거운 얼굴로 고개를 끄덕였다.

'믿기 힘들지만 사실입니다.'

복면인들의 시선이 다시 오드만을 향했다.

"이런, 손님들이 오신 줄도 모르고 낮잠을 잤구먼."

오드만은 허리를 툭툭 두드리며 몸을 일으켰다.

영락없는 시골 노인의 모습이다.

그의 모습 어디에도 마법사를 떠올릴 만한 구석은 보이지 않았다.

"헬리오스 마탑의 제자가 맞는가?"

복면인 중 하나가 차가운 음성으로 물었다.

그는 아직도 이 노인이 마탑의 제자라는 게 믿겨지지 않았다.

"맞네. 내가 바로 이 헬리오스 마탑의 첫째 제자일세."

"……"

복면인들의 표정이 일그러졌다.

"그런데 무슨 용무로 온 사람들인가?"

내내 졸린 눈을 하고 있던 오드만은 비로소 복면인들의 분위기가 심상치 않음을 깨달았다.

흉흉한 분위기를 보아하니 제자가 되려고 온 사람들도 아닌 것 같고, 그렇다고 다른 좋은 볼일로 온 것도 아닌 듯했다.
 '이 녀석들 설마……'
 불길한 예감이 오드만의 뇌리를 스치고 지나갔다.
 살아온 세월만큼 인생경험이 풍부한 그였다. 이런 칙칙한 분위기를 풍기는 사람들이 어떤 부류인지 누구보다도 잘 알고 있었다.
 '어쌔신? 아니, 그보다는 작전 수행 중인 군인들 같은 분위기인데……'
 직업이 뭐든 사람을 죽이는 일을 본업으로 삼는 자들임이 틀림이 없다.
 그런데 그런 자들이 떼로 몰려오다니.
 "무슨 볼일이냐고? 흥, 바로 이런 볼일이다."
 복면인 중 한 사내가 대뜸 오드만을 향해 무기를 휘둘렀다.
 갑작스런 기습.
 어느 정도 의심을 하고 있던 오드만으로서도 전혀 예상치 못한 일격이었다.
 "죽어라."
 사내는 바스타드 소드를 휘두르며 악에 받친 고함을 질렀다. 지난 3일간의 헛고생이 떠올라 저도 모르게 화가 난 것이다.
 "무례한 사람들이로군."
 오드만은 미간을 찌푸리며 중얼거렸다.

갑작스러운 기습이 놀랍긴 했지만, 정작 공격 자체는 하품이 절로 나올 정도로 느리다.

그는 상대의 공격을 피해내며 가볍게 주먹을 휘둘렀다.

퍼엉!

가죽북이 찢어지는 듯한 굉음이 터져 나왔다.

오드만을 공격하던 사내는 빛살과 같은 속도로 튕겨 나와 저만치에 있는 벽에 구겨졌다.

와르르.

돌로 된 벽이 허물어지며 사내의 몸을 덮쳤다.

"아, 아니!"

복면인들의 입에서 경악성이 터져 나왔다.

벌레처럼 죽어나자빠질 것이라 생각했던 노인이었다. 그러나 당한 것은 오히려 복면인들의 동료였다.

"네 이놈. 실력을 숨기고 있었구나."

깜짝 놀란 복면인들이 급히 병기를 꺼냈다.

오드만은 손가락으로 귀를 휘적휘적 후비며 건성으로 대꾸했다.

"난 실력을 숨긴 적이 없는데……."

"……!"

복면인들은 일시 말문이 막혔다.

그렇다.

실제로 오드만은 자신의 실력에 대해 말한 적은 없었다. 그저 볼품없는 겉모습만 보고 그들이 멋대로 그의 실력을 평가한 것뿐이다.

"쳐라!"

복면인들이 일제히 몸을 날렸다.

싸늘한 검광을 흩날리며 광폭한 늑대무리처럼 오드만을 덮쳤다.

"대체 왜 갑자기 공격을 해대는 거야?"

오드만은 투덜거리며 바닥에 떨어진 장작 하나를 집어 들었다.

"하지만 물어도 대답은 해주지 않겠지? 뭐, 좋아. 질문은 적당히 주물러준 다음에 해도 될 테니 말이야."

곧 헬리오스 마탑의 앞마당에서 처절한 곡소리가 울려 퍼졌다.

* * *

헬리오스 마탑의 둘째 제자인 리자크는 풀밭에 자리를 깔고 누워 햇살을 즐기고 있었다. 그를 감시하고 훈련시키던 마족들은 브로큰하트를 손보느라 마탑을 떠났다.

리자크에게는 그야말로 꿈과 같은 휴식의 시간이었다.

그는 이 휴식을 제대로 즐기기 위해 낮부터 게으름을 떨고 있었다. 따뜻한 햇살 아래에 누워 이리 뒹굴 저리 뒹굴 하다보니 어느새 꽤 많은 시간이 흘렀다.

그런 그를 십여 명의 불청객들이 한심한 표정으로 내려다보고 있었다.

젊은 놈이 대낮부터 낮잠이라니.

이런 한심한 놈을 처리하게 된 자신들의 처지가 처량하게 느껴질 지경이다.

"이 녀석이 정말 확실해?"

복면인 중의 한 명이 물었다.

수하로 보이는 자가 재빨리 대답했다.

"녀석이 그 헛간에서 나오는 걸 분명히 봤습니다."

헛간. 헬리오스 마탑을 그들은 헛간이라고 불렀다.

"그래? 그럼, 확실하군."

수하의 보고에 사내는 고개를 끄덕였다.

"번개같이 끝내고 돌아가자."

그는 시간을 끌 필요가 없다는 듯, 대뜸 자고 있는 리자크에게 주먹을 날렸다.

사람들이 우르르 나타나도 눈치조차 채지 못하는 녀석.

이런 녀석을 해치우는데 굳이 칼이나 창 같은 무기를 사용할 필요는 없다.

주먹으로도 충분하다.

두꺼운 바위도 한 방에 부숴 버리는 일격이라면 녀석의 머리통도 곤죽이 되리라.

쾅!

그의 주먹이 바닥에 떨어졌다.

"엥?"

주먹을 날린 사내의 입에서 어이없는 음성이 흘러나왔다.

리자크의 머리통을 아작냈어야 할 주먹이 엉뚱하게도 맨바닥을 뚫은 것이다.

그럼, 리자크는?

"더는 못 먹어. 리리아. 헤헤헤헤."

그는 잠꼬대를 하며 자리 위를 데굴데굴 구르고 있었다.

꿈속에서 맛있는 거라도 먹는 듯 입맛까지 다신다.

'우연인가?'

사내는 다시 한 번 주먹을 날렸다.

표적은 리자크의 머리였다.

빙글.

"더는 먹기 싫다니까. 헤헤."

이번에도 리자크가 잠꼬대를 하며 한 바퀴 굴렀다.

당연히 사내의 주먹은 애꿎은 자리에 다시 한 번 깊은 구멍을 만들었다.

"……!"

사내의 얼굴이 일그러졌다.

수하들을 돌아보며 눈빛으로 물었다.

'이 녀석…… 자는 거 아니지?'

수하들이 심각한 표정으로 고개를 끄덕였다.

'자는 척하는 모양입니다.'

'제법 영악한 구석이 있는 놈인걸요.'

'그런데 왜 자는 척하는 걸까?'

'글쎄요. 무서워서 그러는 게 아닐까요?'

'그래? 무서워서 그런 거란 말이지?'

사내는 오기가 솟았다.

'어디, 언제까지 연극을 할 수 있는지 두고 보자.'

그는 리자크를 향해 연신 주먹을 휘둘렀다.

주먹의 파공음이 살벌하게 바람을 갈랐다.

전력을 쏟은 공격이라 위력과 살벌함이 좀 전과는 비교도 할 수 없었다.

"아이 참. 웬 날파리들이 자꾸 귀찮게 하는 거야."

잠꼬대를 하던 리자크가 파리를 쫓듯 팔을 휘둘렀다.

우연일까?

사내가 휘두른 주먹이 엉성하게 휘두른 리자크의 손바닥에 모조리 걸렸다.

타타타타탁.

콩 볶는 듯한 요란한 소음과 함께 사내의 공격은 이번에도 무위로 돌아갔다.

상황이 이쯤 되자 사내의 인내심이 바닥을 드러냈다.

"이, 이 자식이!"

성난 고함소리와 함께 발을 휘둘렀다.

당장 허리뼈가 박살나 버릴 위력의 발차기였다.

한 방 제대로 맞을 위기의 순간, 리자크의 몸이 풍차처럼 팽그르르 돌았다.

사내의 공격은 당연히 빗나갔다.

허탈했다.

그나마 다행이라면 자고 있던 리자크가 일어났다는 점이다.

"거참. 사람이 곤하게 자는데 왜 방해하는 거요?"

리자크가 길게 기지개를 켜며 물었다.

"흥!"

몇 번의 공격이 어긋난 사내는 짧게 냉소했다.

대답 대신 대뜸 주먹을 날렸다.

연이은 공격 실패에 자존심이 상한 것이다.

"네놈이 언제까지 내 주먹을 피할 수 있는지 어디 두고 보자!"

그는 그야말로 성난 들소처럼 돌진하며 연거푸 주먹을 날렸다.

물론, 이쯤은 피할 것이다.

자는 척하면서도 그의 공격을 모조리 피한 녀석이 아닌가.

이 정도 공격도 피하지 못한대서야 말도 안 되는 일이지.

'하지만 피하는 순간 내 진짜 공격이 시작될 것이다.'

그는 속으로 교활한 미소를 지었다.

하지만 그의 예측은 어이없이 빗나가고 말았다.

리자크는 피하지 못했다.

느긋하게 하품을 하며 게으름을 떨다 그만 한 방 제대로 얻어맞고 말았다.

뻥 하는 소음이 터졌다.

'뭣이?'

너무도 의외의 성공.

놀란 것은 오히려 공격한 사내였다.

'이렇게 허무하게?'

적어도 몇 번 정도의 공방은 이어갈 것이라고 생각했는데.

'다소 시시하긴 하지만 어쨌든 이것으로 끝이군.'

그의 공격을 정면에서 받았으니 아마도 살기는 힘들 것이다. 늑골이 부서지고 내장이 산산 조각난 채 죽어 가겠지.

그런데…….

당장 피를 토하며 죽어야 할 리자크.

그는 죽기는커녕 너무도 멀쩡한 모습이었다.

"무, 무슨 말도 안 되는……!"

사내는 자신의 두 눈으로 직접 보고도 믿을 수가 없었다.

리자크는 귀를 휘휘 후비며 심드렁하게 대꾸했다.

"맞는 데는 이골이 났거든. 그런데 댁들은 무슨 이유로 날 때리는 거요?"

놀란 사내가 미처 대답을 하지 못하자, 다른 사내가 대신 대답했다.

"헬리오스 마탑의 제자가 맞는가?"

"맞소만."

"그럼, 죽어라."

모든 복면인들이 사전에 약속이나 한 듯이 동시에 병기를 휘두르며 리자크를 압박했다.

생각보다 상황이 험악하게 전개되자 리자크는 일시 당황했다.

"어? 어? 왜 이러는 거요? 무슨 일로 이러는지 일단 이유부터 말해야지."

리자크는 손발을 엉성하게 허우적거리며 연신 물러났.

신기한 것은 엉성한 움직임에도 불구하고 복면인들의 공격을 모조리 피해냈다는 것이다.

그럴수록 복면인들은 더욱더 사력을 다해 공격했다.

"아무래도 말로 해결할 수 있는 상황은 아닌 모양이네."

리자크의 움직임이 달라지기 시작했다.

엉성하던 움직임이 절도 있게 변해 갔다.

"그럼 일단 맞고 다시 이야기합시다."

* * *

헬리오스 마탑의 셋째 제자인 주주는 계곡에 있었다.

그녀는 폭포 아래의 계곡물에 몸을 담근 채, 목욕을 즐기고 있었다. 계곡물은 심장이 얼어붙을 만큼 차가웠지만, 주주는 아무런 거리낌이 없었다.

이미 장로들의 지옥 훈련을 경험한 그녀다.

불지옥은 물론, 얼음지옥까지 모조리 거쳐 왔다.

이까짓 계곡물의 냉기 정도야.

춥기는커녕 오히려 미지근하게 느껴질 정도다.

어느새 목욕이 끝나고 그녀는 느긋하게 수영까지 즐겼다.

물속을 자맥질치는 그녀의 움직임은 매끈한 은어처럼 아름답고 신비로웠다.

남자라면 누구나 시선을 떼지 못할 광경.

게다가 얼굴은 좀 예쁜가?

주주의 미모는 본래부터 상당히 뛰어났다.

그러한 미모가 최근 마족들의 수련을 받으면서 한층 더 대단해졌다.

마족들은 미인계 역시 훌륭한 전략의 하나라고 생각했다. 그래서 육체의 단련과 더불어 미모를 가꾸는 법에 대해서도 상세히 설명했다.

그들이 부리고 있는 마족 중에는 몽마와 같은 여자 마족들도 있었다.

여자 마족들은 어떻게 하면 남자의 마음을 홀릴 수 있는지 잘 알고 있었다.

몽마들에게 교육을 받고, 또한 험한 수련 덕에 몸의 군살마저 모조리 빠지니, 주주는 그야말로 걸어 다니는 욕정덩어리와 같은 미색을 뽐낼 수 있게 되었다.

이제 그녀는 가벼운 손짓 하나에게 남자를 홀릴 수 있는 요염함과 조신함을 동시에 갖춘 여인이 되었다.

그런 그녀가 맨몸으로 수영을 즐기고 있다.

물장구를 칠 때마다 그녀의 매끈하고 아름다운 몸매가 슬쩍슬쩍 수면 위로 드러났다.

그것은 치명적인 유혹이었다.

"꾸, 꿀꺽."

"하, 하이고."

"주, 죽겠구나."

수풀 속에 숨은 채 기회를 엿보던 복면인들은 수십 분째 그녀를 훔쳐보며 마른침만 삼키고 있었다.

처음 그들의 목적은 단칼에 주주의 목을 잘라 버리는 것이었다. 그러나 막상 표적을 발견한 그들은 차마 그럴 수가 없었다.

주주의 아름다운 모습에 넋이 나간 그들은 모종의 약속을 했다.

'이, 일단 목욕이 끝날 때까지만 기다리자.'

'그래. 목욕을 하는 여자를 치다니. 너무 비겁한 것 같다.'

그렇게 임무도 망각한 채, 그녀의 몸매를 훔쳐보는 데 전념

하고 말았다.

젊고 탱탱한 몸매에 적당히 그을린 피부.

손으로 쿡 찌르면 톡 하고 말랑말랑 튀어나올 것 같은 탄성. 얼굴은 또 어찌나 아름다운지.

멀리서 보는 것만으로도 아랫도리가 뻐근해질 지경이다.

"하이고야."

"무, 물방울이 되고 싶구나."

한 가지 아쉬운 점이라면 비스듬히 내리쬐는 햇살이 수면에 반사되며 그녀의 중요한 부위를 교묘하게 가리고 있다는 점이다.

그것이 너무나 안타까웠다.

"망할 놈의 햇볕."

"조, 조금만 더!"

"몸을 살짝만 옆으로."

"아아!"

그녀가 몸을 움직일 때마다 몰래 숨어서 지켜보는 사내들에게서 신음과 안타까운 탄성이 줄을 이었다.

하지만 언제까지 여인의 모습에 넋을 잃고 있을 수는 없는 법. 아무리 여인의 미모가 대단하고, 그녀의 환상적인 몸짓을 구경하는 재미가 제법 쏠쏠하다고는 하나 무한정 시간을 지체할 수는 없었다.

이제 임무를 마쳐야 할 시각.

"그래도 죽이기 전에……."
"조금 즐기는 정도는 괜찮겠지?"
복면인들은 서로를 돌아보며 음침한 미소를 주고받았다.
이 순간 그들의 마음은 하나가 되었다.
'일단 사로잡은 다음에 볼일을 보고 죽이자.'
의견의 일치를 본 그들은 더 이상 수풀 속에 몸을 숨기지 않았다. 일제히 수풀에서 몸을 빼내어 주주를 향해 신형을 날렸다.
주주를 덮치는 그들의 움직임은 그야말로 물 찬 제비와 같았다.
주주는 갑작스러운 습격에 어찌할 바를 모르고 허둥댔다. 덕분은 복면인들은 그녀를 쉽게 사로잡을 수 있었다.
"이년. 꼼짝 마라."
"흐흐흐. 발버둥을 치다 다치기라도 하면…… 응?"
주주를 사로잡은 사내들은 이상한 감촉에 눈을 휘둥그레 떴다.
분명 맨몸의 그녀다.
옷 한 자락 걸치지 않은 탱글탱글한 맨몸.
그런데 정작 손바닥을 통해 느껴지는 감촉은 영 이상했다. 마치 텅 빈 허공을 만지고 있는 듯한.
"뭔가 이상하다."
"조심해라. 어쩌면 우린 마법에 걸린 것인지도 모른다."

돌이켜 생각해 보니 이상한 점이 한 둘이 아니었다.
그들은 전문적으로 암살교육을 받은 전사들이다.
그런 그들이 여인의 미모에 넋이 나간 채 임무를 망각하다니.
그것도 한 녀석도 빠짐없이 전원 모두가.
상식적으로 생각해 보면 절대로 있을 수 없는 일이다.
그때였다.
난데없이 박수소리가 들려왔다.
짝짝.
"자자. 이제 그만 잠에서 깨."
낭랑한 목소리에 복면인들은 문득 정신을 차렸다.
그리고 깨달았다.
지금까지 그들은 꿈을 꾸고 있었다는 것을.
방금 전까지 물살을 가르며 수영을 하고 있던 주주가 옷을 모두 차려입은 모습으로 그들을 내려다보고 있었다.
"좋은 꿈을 꾸신 모양이네요."
주주가 장난스런 웃음을 지어보였다.
깜짝 놀란 복면인들이 급히 몸을 일으키려 했다. 하지만 밧줄에 온몸이 칭칭 묶여 꼼짝달싹할 수 없었다.
복면인들은 큰 혼란에 빠졌다.
'대체 언제부터.'
아무래도 그들은 마법에 빠진 것이 분명했다.
환상마법, 그도 아니면 사람의 마음을 조정하는 마법인지도 모른다.

어떤 마법에 걸렸든 한 가지 확실한 것은, 이 모든 일이 지금 코앞에서 빙글빙글 웃고 있는 여자의 소행이라는 점이다.

"처음부터 모두가 환상이에요. 애초에 난 목욕을 하지도 않았어요."

주주는 이미 오래전부터 좋지 않은 의도를 품은 사람들이 주위를 어슬렁거리고 있다는 것을 알고 있었다.

그래서 주변에 환상에 걸리게 하는 환상마법 몇 개를 설치해 두었는데, 그 중 하나에 걸려든 것이다.

복면인들은 자신도 모르게 잠이 들었고, 주주가 만들어낸 환상에 빠져들었다.

"자, 이제부터 우린 할 일이 많을 것 같군요. 어째서 우리 마탑 주위를 어슬렁거렸는지. 당신들이 원하는 것이 대체 무엇인지. 시간은 넉넉하니 차근차근 하나에서 열까지 모두 조사하도록 하죠."

주주가 그들을 내려다보며 빙긋 웃었다.

그러나 정작 그녀의 웃음을 대하는 복면인들은 웃을 수 없었다. 그 밝은 웃음이 그들에겐 또 다른 의미로 전달되었다.

'마, 마녀.'

그들에게 비친 주주의 모습은 남자를 홀리는 사악한 마녀의 그것이었다.

* * *

"크, 큰일이다."

복면인 하나가 놀란 음성으로 말했다.

산 중턱에 모여 있던 동료들이 그에게로 고개를 돌렸다.

복면인이 숨을 헐떡이며 말을 이었다.

"전부 당했다. 전부."

그의 말에 나머지 복면인들의 눈 속에 놀란 기색이 떠올랐다.

"정말인가?"

"전부 당했단 말인가?"

그들의 음성엔 불신이 가득 담겨 있었다.

쓰러져가는 헛간과 같은 마탑을 치는데 자그마치 30명이나 되는 동료가 투입되었다.

다소 과하다 생각되는 인원이었지만, 확실한 임무 완료를 위해 과감하게 투입했다.

그런데 그들 모두 당했다고?

"헬리오스 마탑엔 제자가 셋뿐이라더니. 다른 자의 개입이 있었던가?"

"아니다. 그 세 명뿐이었다."

복면인들의 눈에 다시금 불신의 빛이 어렸다.

헬리오스 마탑의 제자라고 해봐야 다 죽어가는 늙은이와 게

으른 청년, 그리고 무슨 생각을 하는지 알 수가 없는 엉뚱한 소녀, 이 셋뿐이 아닌가.

고작 그런 사람들을 처리하는데, 서른 명이 투입되고도 실패했단 말인가?

"놈들은 겉보기와 달리 엄청난 실력자들이었다. 임무에 투입된 동료들은 순식간에 그들에게 당하고 말았다."

그제야 복면인들은 사태의 심각성을 눈치챘다.

그 허술해 보이는 제자들.

이제 보니 모두 연극이었던 모양이다.

"아이볼 님께서 이런 조그만 마탑을 치는데 인원을 50명이나 배정할 때부터 눈치를 챘어야 했는데……."

임무를 너무 가볍게 생각한 것이 실패의 가장 큰 요인이었다.

"이제 어떻게 하지?"

복면인 중 하나가 물었다.

가장 연배가 높은 자가 한숨을 쉬며 대답했다.

"돌아가야 해. 30명이 임무에 투입되고도 실패했다. 남은 인원은 20명도 되지 않아. 이대로 임무를 수행하는 건 무리다. 돌아가서 이 일을 보고하고 다음 지시를 기다리는 게 현명한 선택일 것이다."

다른 동료들이 그의 말에 동의를 표했다.

그들은 서둘러 주변을 정리하고 산을 내려왔다.

하지만 산중턱에 이르렀을 때, 그들은 생각지도 못한 난관에 맞닥뜨리고 말았다.

"어라? 수상한 녀석들이 단체로 산을 내려오네?"

그들의 앞으로 누군가 불쑥 모습을 나타냈다.

상대를 확인한 복면인들은 크게 놀랐다.

"마, 마족!"

그들의 앞을 가로막은 마족들은 다름 아닌 디스터와 스키머였다. 브로큰하트의 교육을 끝내고 돌아오는 길에 운 좋게 복면인들을 만난 것이다.

"보아하니 우리 마탑 쪽에서 오는 것 같은데?"

"수상한 복면을 쓴 녀석들이 대체 무슨 볼일이실까?"

마족들은 아연실색한 복면인들을 내려다보며 흉측하게 웃었다.

"히익!"

복면인들의 동공이 급격하게 확장되었다.

* * *

"벌써 끝이야? 시시하군."

리자크는 가볍게 손을 털었다.

그의 발아래엔 제압당한 복면인들이 속이 빈 부대자루처럼 뒹굴고 있었다.

"대체 이런 허접한 실력으로 누굴 상대하겠다는 거야? 차라리 동네 건달들의 실력이 더 좋겠네."

그를 습격한 복면인들.

분위기는 제법 그럴 듯했지만, 실제 실력은 예상 밖이었다. 너무 허무하게 당해서 사람이 아니라 썩은 볏짚을 상대로 주먹을 휘두르는 느낌마저 들 정도였다.

만약 기절한 복면인들이 그의 말을 들었다면 크게 억울해했을 발언이다.

동네 건달들보다 못한 실력이라니.

실상 그들의 수준은 건달들과는 비교도 할 수 없을 만큼 대단하다. 어지간한 기사들과 겨뤄도 밀리지 않을 실력이다.

단지 리자크가 실력이 너무나 뛰어난 것 뿐.

하지만 정작 리자크 본인은 자신의 실력을 정확히 알지 못했다. 실력을 비교해 볼 만한 대상이라고 해봐야 오드만이나 주주가 전부였다. 그러나 그의 실력이 성장하는 만큼 그들의 실력도 성장했기 때문에 정확한 비교는 불가능했다.

그리하여 리자크는 자신의 뛰어남을 알지 못한 채, 복면인들의 수준을 탓하고 있었다.

"실력도 시원찮은 녀석들 때문에 좋은 햇살을 다 놓쳤네."

하늘 올려다본 리자크가 투덜거렸다.

그야말로 꿀맛 같은 낮잠이었다.

이런 휴식을 언제쯤 다시 즐길 수 있을는지.

그래서 낮잠을 방해한 복면인들이 더욱 괘씸했다.

"그래도 일단 수상한 녀석들이니 뒤를 캐봐야지."

리자크는 쓰러진 녀석들의 상의를 벗겨 밧줄처럼 둘둘 말았다. 그렇게 복면인들을 굴비처럼 줄줄이 매달고는 마탑으로 돌아왔다.

그곳엔 이미 수십 명의 복면인을 제압한 오드만이 그를 기다리고 있었다.

"사형도예요?"

리자크가 앞마당 한 쪽에 곱게 포개진 복면인들을 가리키며 물었다.

오드만이 고개를 끄덕였다.

"그래. 보아하니 너도 비슷한 일을 겪은 모양이구나."

"혹시 주주에게도……."

오드만과 리자크의 표정이 일그러졌다.

막내 사매에게 무슨 일이 생겼을 거라고 생각하니 걱정이 앞섰다. 때마침, 그런 걱정을 불식시키기라도 하듯 허공에서 복면인들이 우수수 떨어졌다.

주주였다.

"사형들."

귀여운 음성과 함께 빗자루를 탄 주주가 앞마당에 내려앉았다.

오드만과 리자크는 안도의 한숨을 쉬었다.

다행히 그녀는 무사했다.

"괜찮니? 어디 다친 데는 없고?"

오드만이 걱정 가득한 음성으로 물었다.

주주가 한 바퀴 빙그르르 돌며 대답했다.

"네. 다친 곳은 전혀 없어요."

리자크는 괜히 복면인들에게 화풀이를 했다.

"이 녀석들. 주주가 조금이라도 다쳤으면 너희들 모두 무사하지 못했을 거다."

"그런데 대체 이 사람들은 뭐죠? 왜 갑자기 우릴 습격한 걸까요?"

주주가 고개를 갸웃하며 물었다.

사형들을 보기 전까지만 해도 그녀는 개인적인 원한으로 복면인들이 찾아온 것이라고 생각했다.

그녀는 얼마 전까지만 해도 산적두목이었다.

산적에게 당한 행인들 중엔 그녀에게 앙심을 품은 자가 있을 수도 있다. 그런데 사형들도 같은 일을 겪은 것을 보고는 생각을 달리 할 수밖에 없었다.

'이건 분명 헬리오스 마탑과 관련된 일이다.'

돌아가는 모양새를 보니 헬리오스 마탑의 제자 전원을 노린 것이 틀림없다.

문제는 개인적인 은원은 수없이 떠올라도 정작 헬리오스 마탑과 관련된 일은 떠오르지 않는다는 점이다.

스승이신 람스를 필두로 헬리오스 마탑의 제자들은 평소 사람들과 별다른 마찰을 빚어본 적이 없다. 오히려 인근 마을사람들로부터 현자 소리까지 들을 정도가 아닌가.
"어쩌면 스승님과 관련된 일인지도 모르겠구나."
오드만이 심각한 표정으로 말했다.
"스승님께서요? 에이. 설마 그럴 리가요."
리자크가 말도 안 된다며 손을 흔들었다.
그 점잖은 사람이 원한 받을 짓을 하다니.
상상조차 힘들었다.
"사람의 일은 모르는 게야. 원치 않게 복잡한 일에 말려들었을 가능성도 있고."
"그렇군요. 그럼 어떻게 하죠?"
그들이 복면인에 대한 대응을 고민할 때였다.
"역적모의라도 하고 있는 거냐?"
음침한 목소리와 함께 검은 그림자들이 마당으로 들어섰다.
스키머와 디스터였다.
디스터는 짐짝처럼 들고 왔던 복면인들을 마당 한구석에 던졌다.
도중에 만났던 자들이다.
"이쪽에서도 말썽이 있었던 모양이군."
마당 이곳저곳에 널려있는 복면인들을 보며 스키머가 말했다.

"자, 장로님."

"오셨군요."

제자들이 마족들을 반겼다.

하지만 결코 웃는 낯은 아니었다.

'생각보다 일찍 왔군.'

'쳇. 좋은 날은 다 갔군.'

'에효.'

그들이 속으로 한숨을 쉬고 있자, 스키머의 눈꼬리가 쓱 올라갔다.

"다들 별로 기뻐하는 표정이 아니네."

디스터가 괜히 손바닥을 주먹으로 쿵 하고 쳐보였다.

제자들의 표정이 급변했다.

"하하하. 반기지 않다니요. 그럴 리가요. 이렇게 반기고 있지 않습니까?"

"뭐든 시켜만 주십시오."

"목마르시죠? 여기 물."

제자들의 변신에 스키머는 흥하고 콧김을 내뿜었다.

"어째 갈수록 능청만 느는 것 같구나."

제자들의 잔머리를 눈치 못 챌 그가 아니다. 하지만 그는 별반 신경을 쓰지 않고 앞마당의 복면인들에게로 시선을 돌렸다.

"이 녀석들은 대체 뭐냐?"

오드만이 재빨리 대답했다.

"마침 저희도 이들에 대해 의논하던 중이었습니다."

"며칠 자리를 비운 사이에 너희들이 뭔가 일을 벌인 건 아니고?"

스키머의 의심스런 눈빛에 오드만은 쌍수를 흔들었다.

"절대로 아닙니다. 저희들은 이곳에서 한 발짝도 움직이지 않았습니다."

"정말?"

"제 양심을 걸고 말씀드릴 수 있습니다."

"그래? 너희들이 아니라면, 주인님과 관련된 일이겠군."

리자크가 발 빠른 반응을 보였다.

"안 그래도 스승님을 걱정하던 중이었습니다. 혹시 여행 중에 무슨 일이라도 생긴 것은 아니실지."

"일이라……. 있긴 했지."

"뭔가 짚이는 구석이라도 있으십니까?"

오드만이 조심스럽게 물었다.

스키머는 람스의 뒤를 몰래 따르며 보았던 일들을 설명했다. 스키머의 말이 이어지는 동안 제자들의 표정은 몇 번이나 변했다.

"사막 부족 술탄의 딸이라고요?"

"허. 나가자마자 큰 사건에 휘말리셨군요."

사막 부족 술탄의 딸 납치시도.

그야말로 나라가 발칵 뒤집힐 만한 일대 사건이다.

탑을 나가자마자 이런 큰 사건에 말려들다니.

'과연 스승님이시군.'

'저쪽 세상에서도 다섯 번째 파멸이라고 하셨지?'

'일에 말려들어도 크게 말려드시네.'

한편으론, 복면인들이 떼로 몰려든 것도 이해가 되었다.

"아무래도 이놈들은 스승님에게 복수할 생각으로 쳐들어온 모양이네요."

"실력으로는 스승님을 어찌할 수 없으니 대신 마탑을 노린다? 비겁한 놈들."

주주와 리자크의 말에 오드만이 자못 심각한 표정으로 입을 열었다.

"이번 일을 도모한 자가 누구인지는 몰라도 나라의 역사를 바꿀지도 모를 큰 사건을 일으키려 하고 있다. 방해가 된다고 판단한 마탑을 정리하려 하는 것은 지극히 당연한 판단이겠지."

이로써 복면인들이 습격한 이유는 밝혀졌다.

문제는 대응이다.

감히 마탑을 노린 놈들을 어떻게 처리한다?

"그보다 스승님의 안위가 걱정이에요. 사막 부족의 딸을 노리는 녀석들이 이 정도로 일을 포기할 리 없어요. 어쩌면 지속적으로 스승님을 노릴지도 몰라요."

주주의 말에 오드만과 리자크가 고개를 끄덕였다.

"이럴 게 아니라 당장 달려가죠."

리자크가 흥분한 목소리로 외쳤다.

말뿐이 아니라 실제로 그는 몸을 벌떡 일으키며 당장 뛰어나갈 기세였다.

"아니. 굳이 그럴 필요는 없다."

스키머가 리자크의 어깨를 잡고 원래의 자리에 강제로 앉혔다.

"네?"

"어째서……."

제자들은 의아한 표정을 지었다.

다른 누구도 아닌 스키머가 반대할 줄이야.

람스에 대한 일이라면 무슨 짓이라도 저지를 것처럼 행동하던 스키머다. 그런 그가 람스가 위험할지도 모르는 상황에도 움직이지 않겠다니.

이유는 단순했다.

"너희가 간다고 도움이 될 것 같냐?"

스키머의 말에 제자들은 일제히 고개를 숙였다.

속이 쓰렸지만 인정할 수밖에 없었다.

최근 들어 실력이 많이 늘기는 했지만, 아직 람스나 마족들에 비하면 형편없는 수준이다. 스키머의 말대로 쫓아가봐야 괜한 짐만 될 뿐이다.

"그렇다면 두 분 장로님께서 가시면 되겠군요."

스키머는 이번에도 고개를 저었다.

"아니야. 그것도 좋지 않다."

"왜입니까?"

"우린 마족이다. 아무리 정체를 숨기고 주인님을 따른다고 해도 언젠가 정체가 드러날 수 있다. 게다가 주인님이 가신 곳은 마법사들이 모여 있는 곳이 아니더냐? 마법이나 분장으로 모습을 바꾼다고 해도 마법사들은 우리의 정체를 금세 눈치챌 것이다."

"그것도 그렇군요."

제자들은 고개를 끄덕였다.

만약 사람들이 있는 곳에서 디스터와 스키머의 정체가 탄로 나면 오히려 람스의 입장이 난처해질 것이다.

스키머가 단호한 목소리로 결론을 내렸다.

"지금은 이곳을 지키는 것이 우선이다. 만약 도움이 필요하다면 우리가 애달프게 청하지 않아도 주인님께서 부르실 것이다. 그동안 너희가 할 일은 실력을 갈고 닦는 것이지."

잠시 주위를 둘러보던 스키머가 음침한 목소리로 말을 이었다.

"흐흐흐. 그리고 우리가 이곳에 머무르는 것만으로도 주인님께 도움이 될 것이다."

"무슨 뜻이신지."

스키머가 쓰러진 복면인들을 가리키며 대답했다.

"흐흐. 이 녀석들을 보낸 조직 말이다. 아마 머잖아 일이 실패한 것을 알게 되겠지. 그렇다면 어떤 조치를 취할 것 같으냐?"

"아!"

오드만이 손바닥을 두드렸다.

"그렇군요. 당연히 이곳을 치기 위해 다시 병력을 보내겠군요."

"그렇게 되면 자연히 주인님에 대한 대책도 소홀해질 수밖에 없지. 병력도 양쪽으로 나눠야 할 테고 말이다. 게다가 이 방법엔 한 가지 이득이 더 있다."

"이득이요?"

"그렇지. 이득."

스키머가 제자들을 돌아보며 웃었다.

"놈들은 이곳을 도모하기 위해 점점 더 강한 놈들을 보낼 테니, 자연히 너희들의 수련에도 도움이 될 게 아니겠느냐?"

"그, 그런……."

스키머의 사악한 계략에 오드만과 리자크는 할 말을 잃었다. 설마 적의 계략을 이런 식으로 이용할 줄은 몰랐다.

제자들은 마족들을 훔쳐보며 속으로 이렇게 외쳤다.

'악마!'

그렇다. 스키머는 분명 악마였다.

적어도 오드만과 리자크에겐 그렇게 보였다.

*   *   *

그날 밤, 마족들의 감시가 소홀한 틈을 타고 검은 인영이 헬리오스 마탑을 떠났다.

빗자루를 타고 밤하늘을 날아가는 인영은 다름 아닌 헬리오스 마탑의 셋째 제자인 주주였다.

그녀는 마족들의 이야기에도 전혀 안심할 수가 없었다.

스승님이 죽음의 위기를 겪고 있을 것 같은 불안감을 떨쳐버릴 수가 없었다.

급기야 주주는 마족들의 감시를 뚫고 대탈출을 감행했다

"기다리세요, 스승님. 주주가 가고 있어요."

빗자루를 타고 하늘을 나는 주주의 얼굴은 그 어느 때보다도 밝았다.

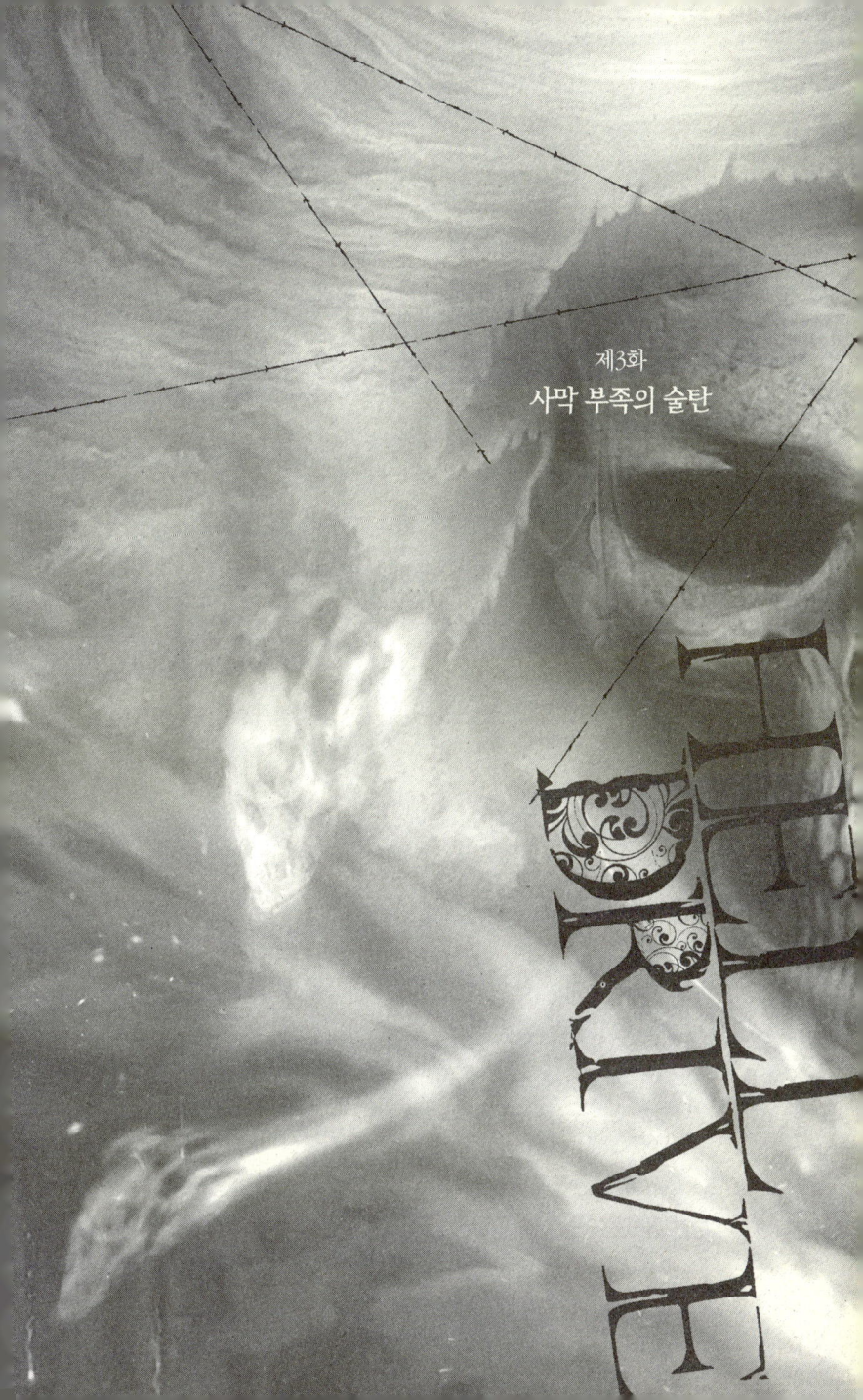

제3화
사막 부족의 술탄

팬크러즈를 물리친 람스가 동료들에게로 돌아왔다.
그를 본 이르민과 크래커는 안도의 한숨을 쉬며 물었다.
"어딜 가셨었어요?"
"무슨 문제라도 생긴 건 아닙니까?"
잠시 볼일이 있다고 나간 사람이 한 시간이 넘도록 돌아오지 않으니 다들 걱정이 되었던 것이다.
"싸움이 있었던 모양이군요."
람스의 모습을 살피던 브로큰하트가 나지막한 음성으로 말했다.
"싸워요?"

이르민의 눈이 커졌다.

그녀는 다시 람스를 자세히 훑어보았다.

옷 상태 양호. 뜯어지거나 흙이 묻은 곳도 없다.

땀을 흘린 흔적도 없고, 손과 발도 깨끗하다.

"그쪽이 아니라 이쪽으로 아는 거야."

브로큰하트가 자신의 코를 가리켰다.

냄새.

람스의 전신에서 좀 전과는 다른 냄새가 풍긴다.

피 냄새는 아니다.

어떻게 한 건지는 모르겠지만, 피 냄새는 전혀 풍기지 않는다. 대신 색다른 땀 냄새가 섞여 있다. 람스의 것이 아닌 전혀 다른 누군가의 땀 냄새가.

"냄새요?"

점점 모를 소리에 이르민은 아연한 표정을 지었다.

람스의 주변을 돌며 코를 킁킁거려봤지만, 아무런 냄새도 나지 않았다.

"아주 약한 냄새라서 일반인들은 맡을 수 없어. 솔직히 나조차도 람스…… 아니, 주인님이 냄새가 없다는 걸 몰랐다면 눈치채지 못했을 거야."

"람스 님…… 냄새가 없어요?"

이르민의 물음에 브로큰하트가 쩝쩝 입맛을 다시며 대답했다.

"그래. 신기하게도 말이야. 냄새가 없는 인간은 없는데……. 다들 약간씩은 독특한 냄새를 풍기기 마련이거든. 그런데 주인님에겐 그런 냄새가 전혀 없어."

"뭐, 냄새가 없으면 좋죠. 며칠 동안 목욕을 못해도 향수를 쓸 필요도 없으니까요."

이르민은 브로큰하트의 말을 가볍게 흘려들었다.

"그런데 정말 누군가와 싸우신 거예요?"

람스는 숨기지 않고 말했다.

"수상한 자들이 숨어 있더군요."

"혹시, 아가씨를 노리는 자들이었습니까?"

크래커가 신중한 음성으로 물었다.

람스가 고개를 끄덕였다.

크래커가 다시 물었다.

"어떤 자들이었습니까?"

"옷의 거의 입지 않은데다 머리와 어깨에 독사 문신이 있었소."

"늪 부족!"

크래커와 이르민이 동시에 외쳤다.

문신 하나만으로도 그들이 늪 부족의 전사임을 알 수 있었다.

"직접 확인하고 싶습니다."

크래커의 물음에 람스는 자세한 위치를 설명해 주었다.

숲으로 들어갔던 크래커가 반시간 후에 돌아왔다.
그는 낭패한 얼굴로 람스에게 말했다.
"그곳엔…… 옷가지만이 남아 있었습니다."
크래커의 설명은 이랬다.

람스가 말한 장소에 도착해서 보니, 과연 여기저기에 싸운 흔적이 남아 있었다. 그러나 정작 람스가 기절시켰다는 사람들의 모습은 어디에도 없었다. 대신, 사람들의 옷가지와 악취를 풍기는 검은 자국이 남아 있을 뿐이었다.

"흠."
람스는 조금 심각한 표정이 되었다.
그는 팬크러즈를 제외한 늪 부족의 전사들을 모조리 기절시켰다. 적어도 반나절은 정신을 못 차릴 정도의 타격이었다. 그런데 그렇게 기절한 자들이 모조리 사라졌다고 한다.

대신 남아 있었다는 옷들.
"아무래도 모두 죽은 것 같소."
크래커도 그의 말에 동의를 표했다.
"늪 부족이 사용하는 독 중엔 시신을 순식간에 녹여 버리는 종류도 있다고 들었습니다. 아무래도 그들은 그 독에 당한 것 같습니다."
람스는 팬크러즈의 죽음을 떠올렸다.
그는 자신의 독에 온몸이 녹으며 죽었다.
아마도 그 독이리라.

다만 신경이 쓰이는 것은 그가 그곳을 떠날 때만 해도 늪 부족의 전사들은 기절한 상태였다는 점이다.

그들이 모두가 죽었다는 것은 그 사이에 누군가 다녀갔다는 말이 된다.

"잔인한 놈들!"

크래커는 늪 부족의 잔인한 일처리에 치를 떨었다.

이르민 또한 한숨을 쉬었다.

반면, 람스는 다른 생각을 했다.

팬크러즈.

그에 대한 생각이었다.

다른 사람들은 늪 부족 출신이 분명했지만, 그는 어쩐지 늪 부족과는 관계가 없어 보였다.

우선 말투와 생김새가 판이하게 달랐다.

늪 부족 전사들을 소모품 취급하는 점도 마음에 걸렸다.

람스는 크래커에게 팬크러즈의 인상착의를 설명해 주었다.

"팬크러즈요? 그런 자에 대해선 들어본 적이 없군요. 어쩌면 비밀공작을 담당하는 특별한 어쌔신일지도 모르겠습니다. 늪 부족엔 베일에 싸인 인물이 많으니까요."

람스는 고개를 끄덕였다.

충분히 있을 수 있는 일이다.

어느 조직이나 규모가 거대해지면 비밀 조직 한두 개쯤은 운용하기 마련이다.

팬크러즈가 그런 조직에 몸담은 자라면 문신이 없는 것이나, 말투가 다른 것도 어느 정도 납득할 수 있었다.

"그나저나 적들이 코앞까지 왔었다니. 람스 님이 아니었으면 큰일 날 뻔했습니다."

크래커의 표정은 전에 없이 심각해졌다.

지난 며칠 동안 적들의 기습이 없었다. 그래서 다들 긴장이 풀려 있었던 참이다.

놈들은 교묘하게도 그런 틈을 노려 기습을 하려 했다.

람스가 적의 의도를 미리 읽고 대처하지 않았다면 자다가 큰 봉변을 당할 뻔했다.

"이곳은 이미 적에게 노출되었습니다. 위험하니 다른 곳으로 이동하도록 하죠."

크래커는 흙을 덮어 모닥불을 껐다.

길을 떠나기엔 적당한 시간이 아니었지만, 선택의 여지가 없다. 언제 또 적이 들이닥칠지 모르기 때문이다.

일행이 짐을 챙기고 출발 준비를 마쳤을 때다.

"잠깐만."

브로큰하트가 손가락으로 입을 가렸다.

말안장에 짐을 싣던 일행이 움직임을 멈췄다.

"말발굽소리가 잡힌다."

브로큰하트의 말에 다들 귀를 쫑긋거렸다.

아니나 다를까.

정말로 멀리서 말발굽소리가 들려왔다. 하나둘이 아니다. 대규모. 엄청난 수의 말들이 지축을 울리며 달리고 있었다.

"이쪽으로 곧장 오고 있다."

브로큰하트가 말발굽소리가 일행을 향해 곧장 접근해 오고 있다는 사실을 밝혀냈다.

'적인가?'

이르민과 크래커의 안색이 하얗게 질렸다.

적인지, 아니면 지나가는 군대인지는 알 길이 없다.

다만, 확실한 것은 그들이 이곳으로 곧장 달려오고 있다는 점이고, 만약 그들이 적일 경우 일행이 매우 난처한 지경이 된다는 점이었다.

"일단 숲으로."

브로큰하트가 인근의 숲을 가리켰다.

상대의 수가 많은 이상 사방이 트인 벌판에서 마주치는 것은 극히 위험한 선택이다. 게다가 상대는 말을 타고 있다. 아무래도 벌판보다는 숲이 여러모로 유리한 측면이 많았다.

일행은 서둘러 숲으로 피신했다.

브로큰하트와 크래커가 숲 입구의 커다란 나무 위에 올라가 상대의 동정을 살폈다. 오래지 않아 천둥 같은 말발굽소리와 함께 말을 탄 일단의 무리가 나타났다.

그 수는 족히 수천이 넘었다.

사위는 까만 어둠으로 가득했지만, 병기를 비롯한 쇠붙이에 반사된 달빛이 은빛 파도를 이루고 있었다.
"전쟁이라도 벌어졌나?"
브로큰하트가 인상을 찡그리며 중얼거렸다.
전쟁 외에 이 정도 규모의 군대가 출동하는 일은 매우 드물었다.
한편, 크래커는 기사단 선두의 깃발에 시력을 모았다.
"아! 저 깃발은……."
그의 목소리가 흥분으로 떨렸다.
그는 재삼재사 거듭 확인했다.
깃발 뒤를 따르는 기사들의 복장을 일일이 확인하고 나서야 비로소 기쁨의 환성을 질렀다.
"사막 부족이다!"
나무 아래에서 간을 졸이고 있던 이르민이 눈을 동그랗게 뜨며 물었다.
"사막 부족이라고요?"
크래커가 껄껄 웃으며 외쳤다.
"그렇습니다, 아가씨. 사막 부족의 전사들입니다."
"확실한가요?"
"네, 아가씨. 술탄님께서 보내신 군대입니다."
"아아. 정말 다행이에요."
이르민은 감격의 눈물을 흘렸다.

* * *

 상대가 사막 부족의 전사들임을 확인한 크래커는 곧장 말을 타고 달려 나갔다.
 잠시 후, 군대가 숲 쪽으로 방향을 틀었다.
 람스를 비롯한 일행은 여전히 숲 안쪽에 머무르고 있었다. 혹시 적의 속임수일지도 모른다는 생각에서였다.
 "이르민 아가씨."
 크래커가 부르는 목소리를 듣고 나서야 일행은 안심하며 숲 밖으로 나갔다.
 숲 주위를 포위하듯 에워싸고 있던 군대가 이르민의 등장에 술렁거렸다.
 "아가씨!"
 선두의 붉은 갑옷을 입은 장수가 말 위에서 뛰어내렸다.
 이르민에게 달려온 그는 한쪽 무릎을 꿇었다.
 "샌드!"
 이르민이 반가운 목소리로 외쳤다.
 붉은 갑옷을 입은 샌드라는 이름의 장수는 백발이 성성한 노인이었다.
 "아버님께서 보내셨나요?"
 샌드는 고개를 저었다.
 "아닙니다."

"그럼?"

"술탄께서 직접 오셨습니다."

"아버님께서 직접?"

이르민의 눈이 휘둥그레졌다.

설마 아버님께서 직접 군대를 이끌고 올지는 몰랐다.

그녀가 놀란 눈빛을 미처 거둬들이기 전, 바닷물이 갈라지듯 주위를 감싼 전사들이 좌우로 물러났다.

전사들이 물러난 곳으로 화려한 마차 한 대가 나타났다.

무려 열여덟 마리의 말이 끄는 마차는 황금과 보석으로 치장된 방패들이 장식처럼 걸려 있어 화려하기 이를 데 없었다.

'저 방패 하나만 팔아도 작은 저택 한 채는 마련하겠군.'

브로큰하트조차도 혀를 내두를 만큼 마차는 화려함의 극치를 달렸다.

곧 마차의 문이 열리고 수염을 기른 중년의 남자가 모습을 드러냈다.

사내는 눈썹이 짙고 미간에 깊은 주름이 있었으며, 사막 부족 특유의 용맹한 기상이 전신에 어우러져 있었다.

"아버님!"

사내를 본 이르민이 날듯이 달려갔다.

위엄이 넘치는 이 사내.

그가 바로 사막 부족의 술탄, 압슬라였다.

"오오. 내 사랑스런 이르민."

압슬라가 이르민을 힘껏 끌어안았다.
그간 딸의 안위에 대해 걱정을 많이 했던 모양이다.
이르민을 보는 그의 눈길에 정이 담뿍 담겨 있었다.
"큰 일이 있었다는 소식을 들었다. 어디 상한 곳은 없느냐?"
압슬라는 세심한 눈길로 이르민의 몸을 두루 살폈다.
이르민이 밝은 표정으로 대꾸했다.
"괜찮아요. 다친 곳은 없습니다."
"다행이구나."
압슬라는 안도의 한숨을 쉬며 고개를 끄덕였다.
아버지의 모습을 지켜보던 이르민이 돌연 어두워진 안색으로 말했다.
"알고 계세요? 오일이 배신을 했어요."
"들어서 알고 있다. 어제 저녁 그의 시신을 발견했다더구나."
"시신요? 죽었단 말예요?"
이르민이 놀란 목소리로 반문했다.
압슬라는 무거운 표정으로 고개를 끄덕였다. 그러면서 브로큰하트를 흘끔 보았다.
그 차가운 눈빛에 브로큰하트는 어색하게 웃었다.
'다 알고 있는 눈치네.'
다행히도 압슬라는 별다른 행동을 취하지 않았다.

오일의 죽음 이후 브로큰하트의 변화에 대해서도 대강 알고 있는 눈치였다.

 압슬라는 이내 브로큰하트에 대한 관심을 접었다.

 대신 만면에 인자한 미소를 지으며 이르민을 감싸안았다.

 "고생 많았구나. 내 딸. 어서 돌아가자. 널 위로하기 위해 내가 뭘 할 수 있을지 보자꾸나."

　　　　　　　＊　　　＊　　　＊

 람스와 그의 일행들은 압슬라의 마차를 타고 하루 반나절을 달려 알타의 수도인 레헤반에 이르렀다.

 이곳에서 말머리를 서쪽으로 돌려 얼마간을 달리자 왕성 인근의 야산에 위치한 압슬라의 저택이 나타났다.

 압슬라의 저택은 입이 떡 벌어질 만큼 대단한 규모를 자랑했다.

 대문에서 현관까지 마차로 30분 이상을 달려야 했다.

 그 사이에 펼쳐진 정원의 장대한 풍경은 사람들을 놀라게 하기에 충분했다.

 누구보다도 놀란 사람은 바로 브로큰하트였다.

 '알타의 술탄은 왕과 진배없는 권력자라더니. 과연…….'

 갑자기 목주변이 서늘해졌다.

 만약 이르민을 납치했더라면 평생 큰 고초를 겪었을 뻔했다. 이런 권력자와의 분란은 될 수 있으면 피하는 것이 상책이다.

그가 아무리 강하다 해도 파도처럼 밀려드는 적들을 무한정으로 막아낼 수는 없기 때문이다.

사막 부족의 위세가 대단해 봐야 얼마나 대단하겠느냐는 생각으로 의뢰를 맡았는데, 이제 보니 범의 아가리에 머리를 집어넣는 미련한 짓이었다.

마차에서 내린 일행은 집사의 안내를 받으며 접객실로 안내되었다.

접객실의 장식이나 분위기 또한 앞서 본 정원의 위세에 결코 뒤지지 않았다.

사방의 벽이 금빛으로 번쩍거리고, 벽과 천장 역시 화려하고 값비싼 보석으로 장식되어 있었다. 의자나 장식들은 물론이고, 작은 찻잔 하나조차도 범상치 않은 물건이 없었.

"이거 하나만 가져가도 팔자를 고치겠군."

브로큰하트는 금으로 만들어진 찻잔을 보며 군침을 삼켰다.

그가 화려한 실내 장식에 벌린 입을 다물지 못하는데 반해, 람스는 전혀 놀라는 기색이 없었다.

그는 마치 제 집인 양 편안한 모습이었다.

그 대범함에 브로큰하트는 기가 질렸다.

간이 크기로는 천하에서 둘째가라면 서러운 사람이 바로 브로큰하트다. 그런 그조차도 접객실의 화려한 실내 장식에 기가 질릴 지경이었다.

그러나 이제 막 시골에서 상경한 람스는 오히려 시시하다는 표정으로 제 집인 양 활보하고 있으니 놀라지 않을 도리가 없었다.

"저…… 주인님."

브로큰하트가 람스를 불렀다.

"응?"

창밖을 내다보던 람스가 고개를 돌렸다.

여전히 담담한 표정이다.

그는 과연 지금 기대어 앉은 그 소파가 얼마짜리인지 알고는 있는 걸까?

"주인님께서는 부담스럽지 않으십니까?"

"뭘 말인가?"

"이곳 말입니다. 너무 화려하고 으리으리한 것이……."

"화려하고 으리으리해?"

람스가 고개를 갸웃거리며 주위를 둘러보았다.

'이게 어디가 화려하고 으리으리해?'

가구며 장식이며 모조리 훑어보던 람스는 의문 가득한 눈빛으로 브로큰하트를 응시했다.

브로큰하트의 표정이 어색하게 일그러졌다.

아무래도 이 사람…….

엄청나게 대범한 것이 아니라면, 정말 세상 물정 모르는 사람이다.
 브로큰하트는 람스를 어떻게 판단해야 할지 고민했다.

             *   *   *

 람스와 브로큰하트가 접객실에 머무는 동안 이르민과 크래커는 압슬라와 따로 시간을 가졌다.
 압슬라는 사랑하는 딸과 크래커에게 그간의 사정을 물었다.
 이미 정보원을 통해 정황을 대강 파악하고는 있었지만, 직접 본인의 입을 통해 듣고 싶었다.
 이르민은 차분하게 지난 이야기를 풀어놓았다.
 오일의 배신과 브로큰하트의 출현 때만 해도 그녀는 비교적 상세하게 일정을 설명했다. 하지만 그 이후로는 온통 람스에 대한 이야기뿐이었다.
 위험한 상황에서 람스가 어떻게 활약을 했고, 또 어떤 특별한 능력을 가지고 있으며, 또 어떤 말을 했는지.
 마치 람스를 미화하는데 사력을 다하는 사람 같았다.
 "람스 님께서 손을 이렇게 저으니까…… 브로큰하트의 도끼가 줄줄 녹아내렸어요. 지켜보던 사람들은 모두 경악했죠. 그때까진 아무도 그분이 마법사라는 걸 믿지 않았거든요. 그런데 알고 보니 정말 엄청난 마법사였던 거예요. 맨손으로 무쇠 도끼를 녹여 버리다니. 정말 엄청난 마법이지 않아요? 전 여태 그렇게 대단한 마법사는 처음 봤어요."
 "허허허. 그래? 참으로 대단한 젊은이로구나."
 압슬라는 람스의 동작까지 흉내내며 열심히 설명하는 딸의 이야기에 무릎을 치며 즐거워했다.
 그러면서 속으로 생각했다.
 '아무래도 이르민이 그에게 큰 관심이 있는 것 같구나.'
 그는 흐뭇한 미소를 지었다.
 지금까지 그는 이르민이 누군가에게 이렇게 마음을 쏟는 일을 본 적이 없었다.
 어린 딸이 비로소 여자가 된 것이다.
 생각해 보니 조건이 나쁜 젊은이도 아니다.
 아니, 그 정도면 상당하다고 할 수 있다.
 젊은 나이에 이미 마탑의 탑주인데다, 그에 걸맞은 실력 또한 갖추고 있다고 한다.
 과묵하고 차분한 성격도 마음에 들었다.
 '아무래도 그 청년을 한 번 만나봐야겠군.'
 딸과 크래커를 돌려보낸 압슬라는 람스에게 사람을 보냈다.

                    *   *   *

 정오 무렵.
 접객실에서 휴식을 취하던 람스에게 압슬라의 전갈이 왔다.

긴요한 볼일이 있으니 시간을 내달라는 청이었다.

람스는 주저하지 않고 접객실을 나섰다.

예의 서재에서 압슬라가 그를 기다리고 있었다.

"잘 왔네. 어서 앉게."

"……"

"이르민에게 큰 은혜를 베풀었다고 들었네. 정말 고맙네."

압슬라는 람스에게 거듭 고마움을 표했다.

람스는 가타부타 말없이 앉아 있었다.

압슬라는 그가 더욱 마음에 들었다.

단순히 과묵한 점이 마음에 든 것은 아니다.

천하의 술탄을 앞에 두고도 전혀 긴장하지 않는 대범함.

점잖고 과묵하되 교만하지 않았다.

분위기가 어느 정도 무르익자 그는 대뜸 본론을 꺼냈다.

"내 딸을 구해 준 은혜를 갚고 싶소. 원하는 것이 있으면 말해 보시오."

비록 그가 왕이나 다름없는 술탄의 지위이나, 람스 또한 마탑의 탑주. 함부로 말을 놓을 수 없는 신분이었다.

"……"

람스는 잠시 생각하더니 고개를 저었다.

"은혜랄 것도 없습니다. 몇 번 우연히 이르민을 도와준 적은 있지만, 저 또한 이르민에게서 세상 이야기를 들을 수 있었으니, 그것으로 보답은 충분하리라 생각됩니다."

"허허허."

압슬라는 털털하게 웃었다.

"겸손한 사람이군. 하지만 그렇다고 은인을 그냥 이대로 보내는 것도 있을 수 없는 일이고……. 아무래도 애초의 생각대로 해야 할 것 같군."

말을 끝낸 압슬라가 손뼉을 쳤다.

등이 굽은 노파 하나가 조심스럽게 서재로 들어왔다.

"이 사람은 우리 사막 부족 최고의 주술사요."

람스가 노파를 보니 과연 전신에 범상치 않은 기운이 머물러 있었다.

노파를 잠시 지켜보던 람스가 압슬라에게 시선을 옮겼다.

왜 이 노파를 불렀는지 물어보는 눈빛이었다.

압슬라가 만면에 가득 미소를 지으며 말했다.

"우리 부족의 주술사는 한 가지 특이한 재주가 있소. 바로 영적인 힘으로 문신을 새길 수 있는 능력이지."

압슬라가 손을 내밀어보였다.

그의 양손 손등엔 전갈과 사막의 돌풍을 뜻하는 화려한 문신이 새겨져 있었다.

바로 사막 부족의 부족민임을 뜻하는 표식.

사막 부족의 부족민이라면 누구나 손등에 이러한 문신이 있었다.

압슬라가 말했다.

"난 그대가 마음에 드오. 딸에 대한 그대의 은혜 또한 가볍지 않소. 그러나 그대가 내게서 원하는 것이 없으니 나로서는 은혜를 갚을 길이 요원하오. 그래서 난 그대에게 특별한 선물을 준비했소."

압슬라는 람스의 표정을 예의 주시했다.

"특별한 선물이라시면?"

"우리 부족의 문신을 그대에게 선물할까 하오."

사막 부족에게 있어 문신은 부족민임을 뜻하는 증명서임과 동시에 일종의 신분증 역할을 한다.

높은 지위와 권력을 가진 사람일수록 문신 또한 더욱 복잡해지고 품격이 높아진다.

압슬라는 노파를 바라보았다.

술탄의 주술사는 특별한 주술능력으로 문신을 새겼다.

고귀한 신분을 뜻하는 정교한 문신들은 대부분 주술사에 의해 새겨졌다.

"어떻소?"

압슬라가 물었다.

람스가 거절하면 어쩌나 하는 일말의 걱정이 서려 있는 음성이었다.

사막 부족에겐 영광일지라도 그렇지 않은 사람들 중엔 문신을 극히 혐오하는 자들이 많았다.

예상외로 람스는 선선히 허락의 뜻을 비쳤다.

애초에 거절할 이유가 없었다.

그는 이미 피부와 장기 등의 신체를 마음대로 조율할 수 있는 수준이다.

문신쯤은 원한다면 얼마든지 제거할 수도 있고, 보이지 않게 만들 수도 있다.

그러니 굳이 상대방의 제의를 거절할 이유가 없는 것이다.

"하하. 역시 호탕한 사람이군."

압슬라가 무릎을 두드리며 호탕하게 웃었다.

이어 그는 대기하고 있던 노파에게 지시했다.

"이 젊은 영웅에게 그에 걸맞은 문신을 하라."

하지만 노파는 고개를 숙인 채 움직이지 않았다. 이상하게 생각한 압슬라가 다시 명했다.

"뭐하는가? 어서 그에게 문신을 내리지 않고."

그제야 노파가 몸을 벌벌 떨며 대답했다.

"소…… 소인은 이분에게 문신을 할 수 없습니다."

"뭐라?"

압슬라가 놀란 표정이 되었다.

그러고 보니 노파의 얼굴이 잔뜩 일그러져 있었다.

땀을 비 오듯이 흘리는 것이 힘들어하는 기색이 역력했다.

"주술사. 대체 무슨 일인가?"

노파는 다시 한 번 대답했다.

"전, 전…… 문신을 새길 수 없습니다."

노파는 이상할 정도로 람스를 두려워했다.

문신은커녕 감히 람스를 바라보지도 못했다.

이와 같은 일은 처음이라 압슬라도 놀라지 않을 수 없었다.

노파는 무려 80여 년간 사막 부족의 주술사로 있었다. 주술에 관한한 부족 제일이라는 말이 부끄럽지 않았다.

그간 그녀가 문신을 새긴 사람의 수만 해도 수천.

그 중엔 뛰어난 학자와 전사들도 부지기수였지만, 단 한 번도 어려움을 토로한 적이 없었다.

그런데 오늘 처음으로 못한다는 말을 입에 올렸다.

'이 청년의 영혼이 그토록 대단하단 말인가?'

사막 부족의 주술사가 대단한 것은 그들이 새기는 문신이 육체가 아니라 영혼에 직접 새기기 때문이다.

주술사들은 사람의 영혼을 가늠하는데 탁월한 능력이 있었다. 그런 주술사 가운데에서도 최고라 칭송받는 노파가 이처럼 어려워함은 곧 그만큼 람스의 영혼이 대단하다는 뜻이 아닌가.

압슬라는 더더욱 람스가 탐이 났다.

이렇게 된 이상 무리를 해서라도 그와 한 가닥 인연을 만들어 놓고 싶었다.

"전혀 방법이 없는가?"

압슬라가 진중한 목소리로 물었다.

바닥에 고개를 조아린 채 고심하던 노파가 한참이 지난 후에야 간신히 입을 열었다.

"문신은 불가능합니다. 다만 다른 형태라면 어떻게든 가능할 것 같습니다."

"다른 형태?"

"목걸이나 반지 형태라면 가능할 것입니다."

"하지만 그런 이물에 새기는 것은 징표로써 의미가 없지 않은가?"

영혼에 새겨진 문신은 또 다른 능력을 지니고 있었다. 문신을 받은 사람은 다른 사람의 몸에 새겨진 문신을 볼 수 있는 능력.

이 때문에 사막 부족은 서로를 확실히 인식할 수 있었다.

목걸이나 반지에 문양을 새기는 것은 장식 이상의 의미가 없다.

"영혼석이 있습니다."

"아! 그렇군."

술탄이 손바닥을 두드리며 탄성을 흘렸다.

그렇다. 영혼석이 있었다.

간혹 여러 가지 이유로 문신을 새길 수 없는 경우가 있다. 이 경우에 사용되는 것이 바로 영혼석이다.

"할 수 있겠는가?"

"최선을 다하겠습니다."

압슬라가 고개를 끄덕이고는 람스에게 고개를 돌렸다.

"어떻겠소? 주술사의 방법이. 나야 당연히 문신을 하는 것을 추천하고 싶으나 달리 방법이 없다하니……."

람스로서는 이번에도 거절할 이유가 없었다.

오히려 몸에 문신을 새길 필요가 없다 하니 더욱 좋았다.

"그 방법이 좋겠군요."

"하하. 과연 호탕하군. 좋네. 그 방법대로 하게."

압슬라가 지시를 내리자 노파는 깊게 절을 하고는 뒷걸음으로 물러났다.

* * *

삼 일 후, 람스는 압슬라의 호출을 받고 다시 한 번 서재를 찾았다. 그곳엔 노파와 더불어 십여 명의 여인들이 그를 기다리고 있었다.

람스는 그들 모두가 주술사임을 한눈에 알아봤다.

다들 주술사 특유의 독특한 분위기를 풍기고 있었다.

"탑주의 영혼석을 손질하기 위해 이들 전부가 나섰다고 하오."

압슬라는 이들 전부가 사막 부족에서 내로라하는 주술사라는 설명을 덧붙였다. 단 한 명을 위해 최고 수준의 주술사들이 한 자리에 모인 것이다. 그렇게 가장 뛰어난 주술사들이 공동으로 작업을 하고도 무려 3일이라는 시간이 걸렸다.

보통 하나의 영혼석을 제작하는데 채 한 시간도 걸리지 않음을 감안하면 람스의 영혼석을 만드는데 얼마나 많은 공을 들였는지 짐작할 수 있었다.

"최선을 다했습니다."

노파가 엎드린 채 조심스럽게 두 손을 앞으로 내밀었다.

주름진 손 위에 팔찌 하나가 걸려 있었다.

귀한 금속으로 만들어진 팔찌엔 영롱한 빛을 머금은 보석이 열한 개 박혀 있었다.

그 보석들이 바로 영혼석이었다.

"허. 영혼석을 열한 개나 사용했군."

압슬라는 새삼 감탄했다.

술탄인 그조차도 영혼석을 이렇게 많이 사용한 경우는 처음 보았다. 그만큼 노파가 완성한 영혼석은 많은 정성이 가미된 작품이었다.

그 가치는 감히 돈으로 매길 수가 없었다.

"잘 쓰겠소."

람스는 고마움을 표하며 팔찌를 받았다.

팔찌는 전체적으로 은빛이었다.

자세히 살펴보면 표면에 복잡한 문양이 빼곡하게 새겨져 있어 신비한 느낌을 주었다. 그러면서도 흘낏 가볍게 볼 때는 그저 은으로 만든 팔찌 같은 느낌이라 남자들이 흔히 착용하는 단순한 장신구처럼 보였다.

람스는 팔찌가 지나치게 화려하지 않아 오히려 마음에 들었다.

그는 즉시 팔찌를 팔에 착용했다.

신기하게도 미리 재보기라도 한 것처럼 그의 팔에 꼭 맞았다. 팔찌에서 스며드는 청량한 기운에 절로 머릿속이 맑아지는 느낌이었다.

람스는 만족스런 표정으로 고개를 끄덕였다.

"정말 마음에 드는군."

진심이 우러나오는 목소리였다.

노파는 감격에 몸을 떨었다.

"마음에 드신다니…… 정말 다행입니다."

다른 여인들 역시 고개를 조아리며 목소리를 높였다.

"저희의 선물을 받아주셔서 정말 감사합니다."

그들을 지켜보던 압슬라가 껄껄 웃음을 터트렸다.

"허허. 그대를 대하는 주술사들의 태도가 오히려 나를 대할 때보다도 더 조심스러운 것 같군."

다행히 압슬라는 호탕한 구석이 있어, 주술사들의 태도를 크게 탓하지 않았다. 오히려 그들의 노고를 치하하고, 금화를 베풀었다.

*　　*　　*

"대모님. 어찌하여 저자에게 이처럼 큰 은혜를 베푸시는 겁니까?"

압슬라의 서재를 나선 주술사들이 노파에게 물었다.

노파가 주술사들과 힘을 합쳐 만든 팔찌는 단순한 영혼석과는 다르다.

그 팔찌 하나를 제작하기 위해 뛰어난 주술사들이 모두 모여야 했다. 제작에 들어간 영혼석의 비용도 천문학적인 액수였다. 팔찌 하나를 제작하는데 들인 비용이 지난 3년간 주술사들이 벌어들인 총수익보다 더 크다.

사정이 그렇다보니 불만을 품은 자가 생기는 것도 당연했다. 설사 술탄이 부탁을 한다 해도 이처럼 엄청난 물건을 만들지는 않았을 것이다.

따지듯 묻는 주술사들에게 노파가 홀연히 웃으며 말했다.

"너희는 그분의 거대한 영혼을 보지 못했더냐?"

주술사들은 고개를 흔들었다.

"솔직히 저희는 그의 영혼을 보지 못했습니다."

노파가 눈살을 찌푸리다 잠시 후 표정을 바로 하며 말했다.

"그렇겠지. 지나치게 큰 것은 오히려 제대로 볼 수 없는 법이니까. 나조차도 그분을 제대로 볼 수 없었으니."

람스와 대면하는 내내 노파는 바닥만을 보았다.

이따금씩 그를 훔쳐보긴 했지만, 절대 무릎 이상을 보지 않았다. 지나치게 거대한 영혼에 자칫 마음을 빼앗길까 두려웠기 때문이다.

"저희는 미련하여 대모님께서 하시는 말씀을 이해하지 못하겠습니다."

주술사들은 아직 미련이 남은 표정이었다.

오늘 람스의 선물을 위해 큰 지출을 한 덕에 그들의 계획은 최소 3년 이상 뒤쳐지게 되었다.

노파가 웃으며 그들을 다독였다.

"걱정하지 마라. 오늘 그에게 준 선물은 필시 큰 보답으로 돌아올 테니까."

그녀는 혼잣말을 하듯 뒷말을 이었다.

"그게 아니더라도 저렇게 대단한 분과 인연을 만들어 놓는 것은 결코 손해 보는 일이 아닐 게야. 행여 하늘과 땅이 뒤바뀌는 재앙이 온다고 하여도 그분의 그늘 아래로 숨을 수만 있으면 안전할 테니까 말이야."

* * *

람스는 압슬라의 저택에서 이틀을 더 머물렀다.

압슬라와 이르민은 그야말로 극진히 그를 대접했다.

매일 저녁 연회를 열었으며, 각지에서 구해온 값진 보물을 그에게 선물했다.

그간 압슬라는 람스를 다양한 방법으로 시험하였다.

술과 여자, 그리고 귀한 병기들.

남자라면 누구나 혼을 빼앗길 만한 것들이다.

그러나 람스는 그 어느 것에도 흔들리지 않았다.

술을 먹되 취하지 않았고, 미녀의 혼을 빼는 연기에도 마음이 흔들리지 않으며, 남자라면 목숨을 아끼지 않을 정도로 뛰어난 보검에도 눈길조차 주지 않았다.

'이 사람은 정말로 대단하군.'

지금까지 숱한 사람들을 보았지만, 람스처럼 신기한 사람은 처음이다.

이와 같은 사람이라면 자신의 모든 재산을 맡겨도 안심할 수 있을 것 같았다.

하지만 그와 동시에 안타까운 탄식 역시 커져만 갔다.

보통 사람으로서는 그를 절대로 포용할 수 없다.

그의 딸 이르민은 분명 아름답고 현명한 여인이다.

그러나 그녀가 감당하기엔 람스는 너무도 큰 사람이었다.

너무도 아쉽지만, 그것이 현실이었다.

그렇게 며칠이 흘렀다.

분명 압슬라의 저택에서 보내는 시간은 즐거웠지만, 언제까지 그곳에서 놀고 있을 수는 없었다.

탑주 회의 날짜가 임박했다.

이제 떠나야 할 때였다.

람스는 압슬라와 이르민에게 떠날 때가 되었음을 알렸다.

이르민은 깜짝 놀랐다.

요 며칠 그녀는 람스에게 정이 깊게 들었다.
이제와 떠난다고 하니 왈칵 겁마저 났다.
그녀는 조심스럽게 동행을 청했다.
람스는 고개를 저었다.
"탑주들만의 모임입니다."
완곡한 거절이었다.
이르민으로서는 그런 람스가 서운했지만, 어쩔 도리가 없었다.
압슬라도 아쉬움을 보였다.
하지만 그는 람스를 막지 않았다.
"모름지기 남자라면 해야 할 일을 미루지 말아야 하는 법이지."
그는 람스에게 금화와 보석을 베풀고 여정이 힘들지 않도록 뛰어난 말과 마차를 선물해 주었다.
"꼭 다시 들러주실 거죠?"
이르민이 간절한 목소리로 물었다.
떠나는 람스의 손을 잡은 그녀는 좀처럼 그 손을 놓지 못했다.
람스가 고개를 끄덕였다.
"시간이 나는 대로 꼭 한 번 들르겠습니다."
람스의 그 말이 그렇게 서럽게 들릴 수 없었다.
이르민은 그만 왈칵 눈물을 쏟고 말았다.

울고 있는 이르민을 뒤로하고 람스와 브로큰하트는 길을 떠났다.
 안락했던 생활은 이제 끝이다.
 새로운 여정이 그들을 기다리고 있었다.

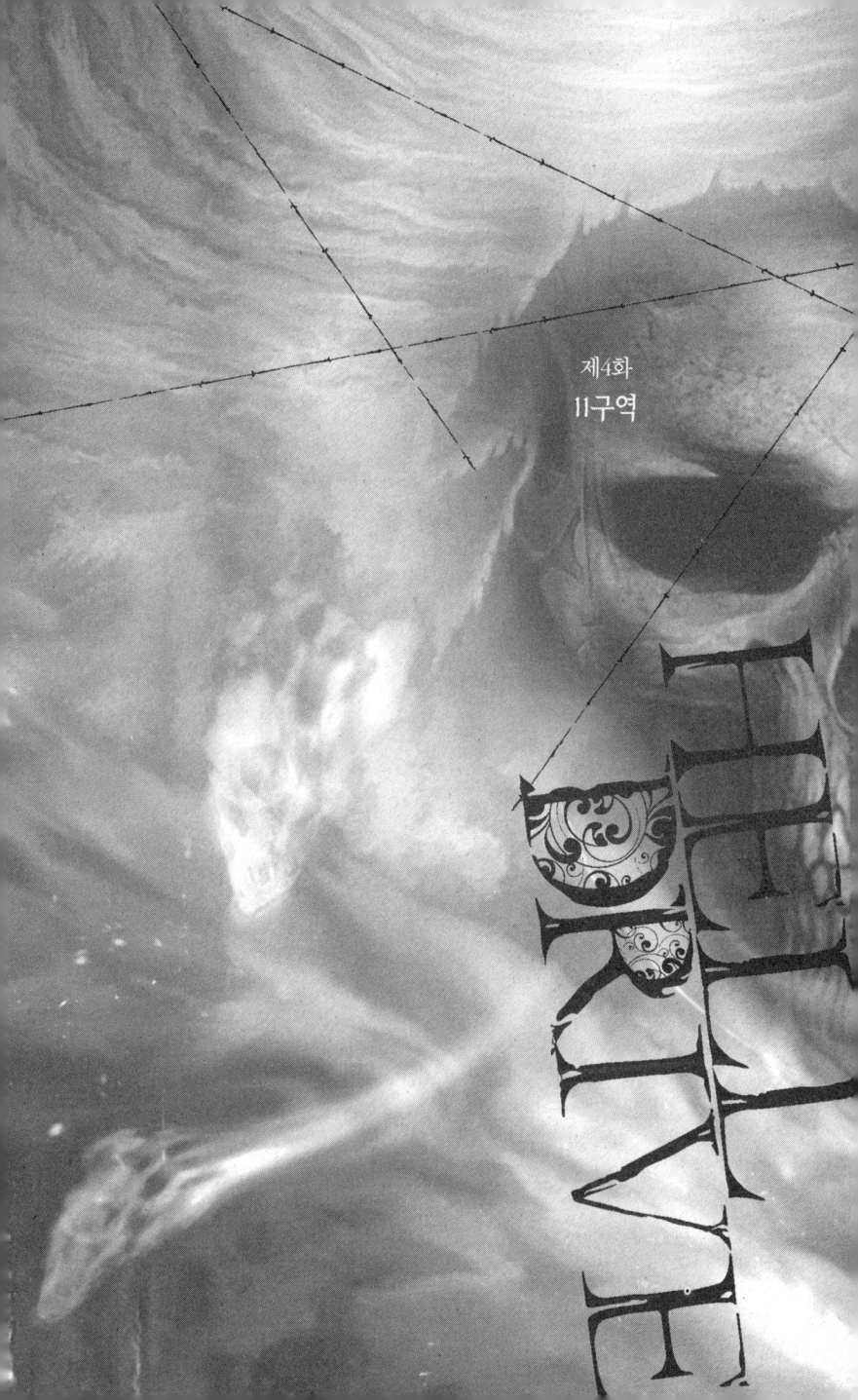

 압슬라의 저택을 떠난 람스는 브로큰하트와 함께 곧장 알타의 수도로 향했다.
 텔레포트 게이트를 이용하기 위해서였다.
 말을 타고 가면 시간에 맞춰 도착할 수 없었다.
 텔레포트 게이트는 비용이 매우 비싸지만, 대신 순식간에 목적지에 당도할 수 있다는 장점이 있었다.
 다행히 람스에겐 압슬라가 준 많은 금은보화가 마차에 잔뜩 실려 있었다. 그 양이 얼마나 많았던지 마차의 절반이 금과 보석으로 가득할 지경이었다.
 "재주가 무척 좋으십니다."

마부석에 앉은 브로큰하트가 람스에게 농을 걸었다.

"무슨 말이냐?"

창밖을 보던 람스가 고개도 돌리지 않은 채 물었다.

"누구는 힘들게 일하고도 쥐꼬리만 한 박봉을 받는데, 누구는 편히 놀고도 엄청난 금은보화를 받으니 하는 말입니다."

"술탄이 준 금은보화 말이구나."

"제가 이르민을 처리하는 대가로 약속받은 의뢰비가 얼만지 아십니까?"

"모른다."

"고작 3천 골드입니다. 주인님께서 술탄에게 받은 금액에 비하면 그야말로 하찮은 정도죠."

"3천 골드가 하찮은 정도의 금액은 아닌 것 같다만."

"노동의 양이 다르잖습니까. 전 뛰고 구르고 발버둥치며 간신히 티끌만큼의 돈을 버는데, 같은 일을 하고도 주인님은 산처럼 금화를 버셨으니 어찌 재주가 좋다 하지 않을 수 있겠습니까?"

람스가 웃으며 말했다.

"그렇다면 너도 마음을 돌리면 되지 않겠느냐? 이제부터라도 남을 해치는 대신 불쌍한 사람을 도와줘 보거라. 혹시 아느냐? 나와 같은 행운이 생기지 않는다고 누가 장담할 수 있겠느냐?"

"그쪽은 좀 답답해서 말이죠. 뭐, 앞으로는 주인님의 말씀을 고려는 해보겠습니다."

브로큰하트는 씩 웃으며 말고삐를 흔들었다.

*　　　*　　　*

리하라드는 알타의 서북쪽에 위치한 제법 큰 규모의 도시다. 인근에 아이언 왕국과 탈론 왕국의 국경이 있어 알타의 모든 나라들 중에서도 가장 다양한 문화형태를 보여주는 곳이기도 했다.

이처럼 다양한 문화가 한데 뒤섞인 리하라드는 국경을 넘어온 상인들로 인해 일 년 내내 북새통을 이뤘다.

그런 리하라드에서 가장 큰 영향력을 가진 것은 영주도 시장을 지배하는 대상인도, 그렇다고 신성한 신의 목소리를 전파하는 알타 신전도 아니었다.

적탑..

리하라드 도시 중심에 우뚝 선 붉은 탑.

하늘을 찌를 듯이 선 이 탑이 바로 리하라드의 진정한 주인이었다.

이처럼 적탑의 권위가 대단해진 이유는 리하라드라는 도시가 생긴 이유에 있었다.

본래 이 지역엔 도시는커녕 작은 마을조차 없었다.

그저 몬스터들이 들끓는 휑한 벌판이 있을 뿐이었다.

그런 황무지에 어느 날 마법사들이 모여들었다.

토란이라는 이름의 매직나이트가 이끄는 마법사 무리는 흉악한 몬스터들을 몰아내고 오랜 시간을 들여 거대한 탑을 세웠다.

그것이 바로 지금의 적탑이다.

황무지를 개간하고 탑을 세우자 자연 그 주위로 사람들이 몰려들었다.

적탑의 마법사들은 이주민들을 막지 않았다.

오히려 그들을 적극적으로 받아들이며 몬스터와 도적무리로부터 보호해 주었다.

적탑의 선행을 알게 된 사람들이 리하라드로 모여들었다.

그렇게 하루 이틀 시간이 지나며 마을의 규모가 커져 급기야 도시가 형성되었다.

수십 년이 흐른 지금에는 알타 왕국 내에서도 손꼽히는 도시로 성장하게 되었다.

수호신이라는 말이 있다.

국가와 민족, 또는 특정 개인을 헌신적으로 보호해 주는 신.

리하라드의 주민들에게 있어 적탑이란 그처럼 든든한 수호신과 같은 존재였다.

텔레포트 게이트를 통해 리하라드에 도착한 람스는 도시의 활기찬 모습에 깊은 감명을 받았다.

그가 저쪽 세상에서 경험한 바로는 힘을 가진 존재는 항상

약한 자를 억압하고 괴롭히기 일쑤였다.

이곳은 달랐다.

마탑으로 인해 도시가 번영하고 치안도 안정되었다.

사람들의 얼굴에는 행복이 넘쳐났다.

람스는 헬리오스 마탑도 주변에 이처럼 긍정적인 영향을 미치는 곳이 되었으면 좋겠다는 생각을 했다.

그의 과거는 삭막했다.

피와 죽음이 그림자처럼 늘 함께했던 곳에 살았던 그에게 평화는 언제나 갈망의 대상이었다.

그가 이쪽 세상에 온 이후로 적에게도 함부로 살수를 쓰지 않는 이유 역시 그 때문이었다.

람스는 리하라드의 독특한 풍경을 즐기듯 감상하며 적탑 연합으로 향했다. 적탑 연합이라 불리는 거대한 탑은 도시의 중심에 자리 잡고 있었다.

"과연 탑이군."

람스는 하늘을 찌를 듯 솟은 붉은 탑의 위용에 고개를 끄덕였다.

적탑은 과연 탑이라 불릴 만한 곳이었다.

아니, 탑이라는 말로는 부족하다.

주변의 건물들을 굽어보듯 높게 솟은 그 건물은 그야말로 마법의 경이로움을 한껏 뽐내는 듯했다.

"왜 사람들이 헬리오스 마탑을 이상하게 생각하는지 그 이유를 알겠군."

람스는 씁쓸한 미소를 지었다.

그는 지금까지 제대로 된 마탑을 한 번도 본 적이 없었다. 그래서 왜 사람들이 헬리오스 마탑을 보고 이상하게 생각하는지 알지 못했다.

이제 그 이유를 알게 되었다.

진정한 마탑이란 바로 이런 것이었다.

아무래도 허름한 헛간과 같은 곳을 마탑이라고 부르기엔 민망한 구석이 많았다.

그러고 보면 돌아가신 스승은 남달리 엉뚱한 사람이었던 모양이다. 그런 건물에 마탑이라는 어마어마한 명칭을 붙이다니.

브로큰하트가 모는 마차는 느릿느릿 적탑으로 향했다.

"멈추시오."

탑 입구에 다다르자 경비병들이 앞을 가로막으며 소리쳤다.

"어디서 오신 분들이십니까?"

그들은 브로큰하트의 거대한 덩치에 위압감을 느끼며 조심스럽게 물었다.

브로큰하트가 경비병에게 초대장을 보여주었다.

"아! 헬리오스 마탑에서 오신 분이시로군요."

경비병들의 태도가 겸손해졌다.

"몇 분이나 오셨습니까?"

"나와 우리 주인님뿐이야. 그런데 다른 사람들은 동행이 많았던 모양이지?"

브로큰하트가 대뜸 반말로 물었다.

경비병은 기분이 상한 듯 말투가 조금 딱딱해졌다.

그럼에도 묻는 말에는 꼬박꼬박 대답을 했다.

"보통은 열 분 이상이 오십니다. 많게는 백 명 가까이 되는 제자들과 함께 오시는 분들도 계십니다."

"허. 백 명이나."

브로큰하트가 가볍게 탄성을 흘렸다.

문득 자신들이 초라하게 느껴졌다.

다른 탑에선 제자를 백 명이나 동원할 정도로 겉모습에 신경을 쓰는데, 그들은 고작 둘 뿐이었다. 그나마 압슬라가 마차를 내주지 않았다면 큰 창피를 당할 뻔했다.

답답한 것은 사정이 이러한데도 정작 람스 본인은 태연하다는 점이었다. 남의 이목 따윈 안중에도 없는 눈치다.

'무슨 상관이냐. 어차피 나와는 상관없는 일인데.'

브로큰하트는 마차를 몰아 안으로 들어가려 했다.

경비병이 그의 앞을 막으며 외쳤다.

"마차는 더 이상 안으로 들어갈 수 없습니다. 마차는 저희에게 맡겨주시고, 이곳에서부턴 걸어서 들어가 주십시오."

경비병의 말에 브로큰하트가 주위를 둘러보았다. 과연 다들 걸어서 들어가고 있었다.

일종의 적탑에 대한 예의인 듯했다.
"어떻게 할까요? 주인님."
브로큰하트가 람스에게 물었다.
두 다리가 멀쩡한데 걸어가는 게 무슨 문제일까.
다만, 마차에 실려 있는 금화가 마음에 걸렸다.
경비병들에게 맡겨두었다간 무슨 일이 벌어질지 모르는 일이다.
"우선 사람이 없는 곳으로 가자."
람스가 말했다.
브로큰하트는 그의 말대로 인적이 드문 곳으로 마차를 몰았다.
"됐습니다. 주인님."
람스가 시키는 대로 고분고분 따르긴 했지만, 정작 그가 무슨 일을 할지 궁금했다.
이 많은 황금을 대체 어떻게 처리할까.
'설마 땅에 묻는 건 아니겠지?'
그의 엉뚱한 생각이 채 끝나기도 전이다.
쩌거걱!
요란한 소음과 함께 마차 전체가 들썩였다.
브로큰하트는 람스가 뭔가 일을 벌였음을 깨달았다.
잠시 후, 람스가 홀가분한 표정으로 말했다.
"이제 다 됐다. 아까 전 그곳으로 돌아가자꾸나."

"네?"

브로큰하트가 놀란 표정으로 되물었다.

해결되었다니? 그 많은 금화와 보석을 이 짧은 시간 동안 무슨 수로 해결을 한단 말인가. 혹시 화염으로 모조리 녹여 큰 덩어리로 만든 것은 아닐까?

브로큰하트는 슬그머니 마차 안을 살폈다.

내부를 확인한 그는 경악을 금치 못했다.

"헉!"

그 많던 금과 보석들.

마차의 절반이나 채웠던 그 많은 재물들이 감쪽같이 사라지고 없었다.

"어떻게 하신 겁니까? 그 많은 보물들을 다 어디에 감춰두신 겁니까?"

람스가 부드럽게 웃으며 말했다.

"돈이 필요한 곳으로 보냈다."

* * *

"큰일인데요."

"그러게. 정말 큰일이구나."

헬리오스 마탑의 큰 제자 오드만과 둘째 제자 리자크는 산 아래를 내려다보며 답답한 한숨을 토했다.

그들이 이처럼 한숨을 쉬는 이유는 주주의 가출 때문이다. 아니, 정확하게는 주주의 가출로 인해 초래된 문제 때문이었다.

얼마 전, 주주는 스승님을 만나보겠다는 간단한 쪽지 한 장만 남긴 채 탑을 떠났다.

마족들의 보복이 있을 것임을 뻔히 알면서도 일을 감행하다니. 어지간히 간이 큰 사매가 아닐 수 없었다.

사실 주주가 나간 것은 큰 문제가 아니다.

어디로 갔을지 알고 있는데다 워낙 능력이 좋은 아이라 큰 걱정도 되지 않는다.

문제는 주주가 떠나며 탑에 있던 모든 재물을 모조리 쓸어가 버렸다는 점이다.

"어차피 원래 주주의 재산이었으니 뭐라 할 말은 없지만……."

그들이 그동안 사용한 돈은 모두 주주의 개인재산이었다.

원래 헬리오스 마탑은 찢어지게 가난했다. 애초에 재산이라 부를 만한 것 자체가 없었다.

람스가 스승에게서 물려받은 것이라곤 쓰러져가는 헛간과 같은 마탑뿐. 게다가 람스도 저쪽 세상에서 넘어올 때 돈이 될 만한 것은 거의 가져오지 않았다.

헬리오스 마탑의 가난은 당연한 일이었다.

그나마 요즈음엔 주주의 돈으로 넉넉하게 지낼 수 있었다.

부족하나마 연구도 할 수 있었다.

그런데 주주가 돈과 함께 사라졌으니. 그들로서는 천국에서 곧장 지옥으로 곤두박질친 기분이었다.

"마법사가 털가죽 옷을 입고 있다니. 누가 우릴 보고 마법사라고 생각하겠느냐!"

"스승과 둘이서 잘 살겠다고 돈을 홀랑 다 들고 튀다니. 독한 년."

그들은 입고 있는 짐승 털옷을 펄럭이며 탄식을 쏟아냈다.

아무리 가난해도 그렇지, 마법사가 로브 대신 털가죽을 입고 있다니. 행색이 이러니 누가 그들을 마법사로 생각하겠는가.

열이면 열, 모두 그들을 사냥꾼으로 착각했다.

오죽했으면, 어쩌다 한 번씩 헬리오스 마탑을 습격하러 오는 복면인 놈들도 그들을 알아보지 못하겠는가.

"대체 헬리오스 마탑이라는 곳은 어디에 있다는 거야?"

눈앞에서 뻔히 보고도 그냥 지나친다.

이걸 기뻐해야 할지 슬퍼해야 할지.

며칠 후에 복면인들이 다시 와서 묻는다.

"이봐, 사냥꾼들. 여기 어디에 헬리오스 마탑이라는 곳이 있다는데. 혹시 그곳이 어디에 있는지 알아?"

여기가 바로 그곳이라고 대답해 줬다.

그런데 영 못 믿는 눈치다.

"쓸데없는 농담 그만하고 제대로 말해 봐. 헬리오스 마탑. 어디에 있어? 더 이상 농담하면 곤란해. 우리 보기보다 무서운 사람들이다."

별로 무섭지 않은 사람들이었다.

복면인들을 모조리 쓰러트린 두 사람은 하늘을 우러러 보며 탄식을 토해냈다.

"적에게조차 무시를 당하다니."

왠지 모르게 분한 마음이 들었다.

"이제 어쩌죠, 사형?"

최근 연금술에 관심을 보이기 시작한 리자크가 오드만에게 물었다. 실험을 하고 싶어 손이 근질근질하는 표정이다.

오드만은 한숨과 함께 말했다.

"로브 살 돈도 없다. 연금술 재료는 무리야. 아쉽지만 당분간은 실험을 못하겠구나."

"크윽! 이놈의 가난!"

리자크는 끝내 눈물을 뿌렸다.

오드만이 그의 어깨를 두드리며 위로했다.

"괜찮다. 우리라고 언제까지 이렇게 가난하겠느냐. 언젠가 좋은 날이 오겠지. 그때가 되면 우리 사치스럽게 돈을 쓰며 마음껏 연구를 하자꾸나."

정작 그 말을 하는 오드만의 표정은 그리 밝지 못했다.

마음은 굴뚝같지만 정작 돈을 구할 방법이 요원했다.

차라리 용병이라도 되고 싶다. 하지만 수련 중독인 마족들이 저렇게 눈을 시퍼렇게 뜨고 있으니. 어쩔 수 없지만 당분간은 지겨운 가난에서 벗어날 방도가 없다.

바로 그때였다.

쩌거걱!

마탑 내부에서 천둥과 같은 요란한 소음이 일어났다.

딴생각을 하고 있던 오드만과 리자크가 두 눈을 휘둥그레 뜨며 서로를 바라보았다.

"이 소리…… 설마?"

"스승님?"

두 사람은 누가 먼저랄 것 없이 허둥지둥 실내로 들어갔다.

그리고 보게 되었다.

산처럼 쌓인 금은보화를.

방금 전까지 입을 옷을 걱정하던 두 사람의 입이 찢어질 듯이 벌어졌다.

"도, 돈이……."

"산더미 같은 금화가……."

한동안 멍한 눈으로 금과 보석을 쳐다보던 두 사람은 곧 서로를 얼싸안으며 감격의 눈물을 흘렸다.

물론, 그들에게 금은보화의 은총을 내린 이는 다름 아닌 람스였다. 헬 게이트를 통해 마차의 금화를 헬리오스 마탑으로 보낸 것이다.

돈 걱정에 여념이 없던 두 제자는 기쁨의 환성을 내질렀다.
"만세! 이제 돈 걱정은 끝이다."
"실험도 할 수 있어요. 사형."
"그래. 이젠 복면인 놈들에게 사냥꾼으로 오해를 사는 일도 없을 게다. 하하하하."
두 사람은 덩실덩실 춤을 추며 기뻐했다.

*   *   *

람스와 브로큰하트는 마차를 입구에 맡겨두고 적탑 안으로 들어갔다.
마탑이라는 명성에 걸맞게 적탑의 위용은 실로 대단했다.
탑의 외관도 어마어마했지만, 내부는 웅장한 외관보다도 훨씬 더 대단했다.
바닥에 깔린 붉은 카펫.
반투명한 물질로 만들어진 벽.
마법 전구가 빛을 발하고 있는 천장.
마법 엘리베이터를 비롯한 각종 첨단 장비들.
그런 장비들을 구동시키는데 사용되는 수정 구슬들.
마법에 문외한인 브로큰하트는 생전 처음 접하는 신기한 마법의 현장에 벌린 입을 다물지 못했다.
꿈과 현실을 넘나드는 적탑의 모습에 크게 놀란 브로큰하트에 비해 람스는 평온한 모습이었다.

그도 마법 엘리베이터와 같은 신기한 장치들을 유심히 살펴보기는 했지만, 브로큰하트처럼 호들갑스럽게 놀라지는 않았다.

그저 이따금씩 고개를 끄덕이는 정도가 전부였다.

그렇게 한 사람은 연신 고개를 끄덕이고, 다른 한 사람은 시골에서 막 상경한 촌놈처럼 주위를 두리번거리며 적탑을 거닐 때였다.

"헬리오스 마탑에서 오신 분들이십니까?"

염소수염의 중년마법사가 말을 걸어왔다.

"그렇소."

람스가 고개를 끄덕이며 대답했다.

염소수염의 마법사는 람스와 브로큰하트를 번갈아보더니 조금 의아한 기색으로 물었다.

"혹, 다른 분은……."

"이렇게 두 사람이 전부요."

염소수염은 난처한 표정이 되었다.

"이번 모임은 적탑 계열의 탑주들의 모임이온데, 탑주님께선 언제쯤 오시는지요."

그는 람스가 헬리오스 마탑의 탑주임을 전혀 짐작도 못했다.

람스가 담담하게 웃으며 말했다.

"내가 바로 헬리오스 마탑의 탑주요."

"네?"

염소수염이 크게 놀란 표정으로 반문했다.

"실례지만, 헬리오스 마탑의 탑주님은 헬리오스 님이 아니십니까?"

"벌써 오래전에 돌아가셨소. 내가 그 뒤를 이어 탑주가 되었소."

"그, 그렇군요."

뭔가 착오가 생긴 듯 염소수염은 당황한 기색이 역력했다.

"몇 가지 정보에 오류가 있었던 모양입니다. 확인 작업이 필요하니 잠시만 기다려주십시오."

람스와 브로큰하트를 휴게실로 안내한 염소수염이 어딘가로 허겁지겁 달려갔다.

"왜 저런대요?"

브로큰하트가 마법사를 가리키며 물었다.

뭐가 저리 바빠서 허둥대는 걸까.

"글쎄다."

람스라고 알 도리가 없었다.

* * *

염소수염의 마법사는 그 길로 상위 마법사에게 달려갔다.

"리벅 님."

"무슨 일이야?"

"헬리오스 마탑 관계자들에게 문제가 생겼습니다."

리벅이란 이름의 노마법사가 인상을 찡그렸다.

"헬리오스? 그 미치광이 마법사에게도 초청장을 보냈던가? 그런데 그자가 왜? 말썽이라도 부려? 보기보단 약하니까 수습 마법사 몇 명만 보내."

"그게 아니라……."

"그럼 뭔데?"

"탑주를 초대했는데, 전혀 엉뚱한 사람들이 왔습니다."

"엉뚱한 사람들이라니?"

염소수염이 자초지종을 설명했다.

"그러니까 헬리오스가 죽고 그 제자라는 사람이 왔는데, 새파랗게 젊은 녀석이라 이 말이지?"

"그렇습니다."

"그런데?"

"네?"

염소수염이 심각한 표정인데 반해 리벅은 태연했다.

리벅이 수염을 쓰다듬으며 말을 이었다.

"그러니까 헬리오스의 탑주가 바뀐 것이 무슨 상관이냔 말이다."

"그것이…… 본래 헬리오스 마탑에서 오는 사람은 헬리오스 본인일 거라고 생각하지 않았습니까. 그래서 방 배정을 11구역으로 해두었습니다."

"11구역? 그 골칫덩이가 있는 곳이군."

"네. 미치광이와 골칫덩이라면 썩 잘 어울릴 것 같기도 했고, 한 구역에 몰아넣으면 관리하기도 편할 것 같아서."

"괜찮은 생각이군. 그렇게 하게."

"네?"

"그 젊은 탑주 말이야. 11구역으로 안내해."

"하, 하지만 그 계획은 헬리오스 본인이 올 것을 예상해서 그렇게 한 것입니다. 그 젊은 사람을 그곳에 배정했다간 어떤 일을 당할지 알 수가 없습니다. 아시다시피 그곳에 있는 골칫덩이는 경험 많은 장로님께서도 감당을 못하는 놈이지 않습니까."

염소수염의 말에 리벅은 수염을 배배 꼬며 말했다.

"자네가 한 가지 생각하지 못하는 것이 있는 것 같군."

"생각하지 못하는 것이라면……."

"헬리오스 마탑의 새로운 탑주라는 그 젊은 친구 말이야. 그가 비록 미치광이 헬리오스는 아닐지 몰라도 결국 그 미치광이에게서 교육을 받은 건 확실하겠지?"

"그, 그렇겠지요."

"그렇다면 헬리오스와 비슷한 놈일 가능성도 크겠군. 안 그런가?"

염소수염은 람스를 가만 떠올려봤다.

점잖고 부드러운 사람이었다.

처음 그 사람이 헬리오스의 제자라는 소리를 들었을 땐 고개를 갸웃거렸을 정도였다.

미치광이의 제자치곤 너무 평범한 사람이 아닌가.

"허. 미치광이가 괜히 미치광이라 불리겠는가. 일반인들은 상상도 할 수 없는 괴행을 일삼기 때문에 미치광이라고 하는 게야. 두고 보게. 분명 그 젊은이도 곧 발작하듯 괴행을 저지를 테니."

리벅은 람스를 헬리오스에 버금가는 미친놈으로 확정지었다. 염소수염도 그 생각에 동의했다.

겉으로는 얌전해 보일지 몰라도 그 청년이 어떻게 변할지 알 수 없는 일이다. 어쨌거나 그는 미치광이 헬리오스의 제자가 아닌가.

귀리를 뿌린 밭에 보리가 나오는 법은 없다.

"그를 11구역으로 안내하게."

"알겠습니다."

리벅의 명에 중년 마법사는 공손하게 대답했다.

* * *

람스에게로 돌아온 염소수염은 그를 11구역으로 안내했다.

"이곳입니다. 연락이 있을 때까지 이곳에서 편히 쉬시면 됩니다. 그럼, 전 이만……"

입구까지 람스를 안내한 염소수염은 인사를 하는 둥 마는 둥 고개만 까딱이곤 사라졌다.

브로큰하트가 염소수염의 등을 노려보며 으르렁거렸다.

"무례한 놈."

손님을 접대하는 태도가 영 엉망이다.

기왕 안내를 자청했으면 건물 안까지 제대로 안내를 할 것이지, 입구에 떨어뜨려 놓고 도망가듯 사라지다니.

적탑의 마법사들이 헬리오스 마탑을 어떻게 생각하고 있는지 알 수 있는 대목이었다.

"너무 흥분하지 말게. 바쁜 일이라도 있는 모양이지."

람스는 태연하게 11구역으로 걸어 들어갔다.

하지만 그런 그조차도 막상 11구역을 접하게 되자 낯빛이 변할 수밖에 없었다.

11구역은 생각보다 제법 넓은 구역이었다.

문제는 그 넓은 구역을 차지하고 있는 건물이 고작 한 채뿐이라는 점이다. 그렇다고 그 건물이 어마어마한 대저택인 것도 아니었다.

다 쓰러져가는 이층 건물 한 채.

손질을 얼마나 안 했는지, 굵고 긴 넝쿨이 건물 전체를 뒤덮고 있었다.

그 외 주변은 손질도 전혀 안 된 황무지뿐.

"이 녀석들 대체 사람들을 뭐로 보고."

브로큰하트는 휑한 주변 풍경을 보곤 일이 어떻게 되었는지 짐작할 수 있었다.

누가 봐도 버려진 구역이 아닌가.

이건 헬리오스 마탑을 경시하는 정도가 아니라 아예 대놓고 무시하는 처사다. 브로큰하트가 중년 마법사를 찾기 위해 성큼 발걸음을 옮겼을 때였다.

허물어져가는 건물을 멍하니 쳐다보고 있던 람스가 입을 열었다.

"마음에 드는군."

"네?"

브로큰하트가 놀란 목소리로 반문했다.

"지금 여기가 마음에 드신다고요? 저 허물어져가는 건물이 보이지도 않으십니까?"

람스는 부드러운 미소를 지었다.

"그래서 더 마음에 든다는 걸세. 왠지 전체적인 구조와 분위기가 정겹지 않은가?"

이층 건물을 바라보는 람스의 두 눈에 애정이 깃들었다.

이 무너져가는 건물은 헬리오스 마탑을 연상시켰다.

"그, 그런가요?"

브로큰하트가 다시 집을 봤다.

정겹기는커녕 궁상맞기 이를 데 없었다.

저런 집에 살다간 언제 지붕이 무너질지 몰라 가슴을 졸여야 할 것 같았다. 게다가 저 넝쿨은 또 뭔가. 집 전체를 휘감은 것으로도 모자라, 하늘 끝까지 솟을 기세였다. 저러다 언젠가 적탑의 뚜껑을 열어 버릴지도 모를 정도였다.

브로큰하트의 불만스런 마음은 아랑곳하지 않은 채 람스는 넝쿨에 파묻힌 건물로 걸음을 옮겼다.

"이런 대우가 억울하지도 않으십니까?"

"우리 헬리오스 마탑을 바라보는 사람들의 시선이 고작 이 정도니, 어쩔 수 없는 일이지 않겠는가."

브로큰하트는 묘한 눈으로 람스를 보았다.

'이 사람 대체 뭐야?'

그는 지금까지 많은 사람을 보았지만, 람스만큼 독특한 사람은 처음이다.

람스는 능력이 있는 마법사다.

아니, 오히려 넘친다고 할 수 있다.

게다가 신분도 낮지 않다.

마탑의 탑주라고 하면 여느 국가의 상위 귀족만큼이나 대우를 받을 수 있는 지위다.

그런 그에게 이런 다 썩어가는 건물을 배정하다니.

람스의 신분과 능력을 감안하면 매우 부당한 대우다.

다른 사람 같으면 당장 자신의 실력을 드러내며 제대로 된 대우를 요구할 것이다.

마법사들이 지적인 사람들이라고?

'흥!'

사람은 그렇게 이성적인 존재가 못 된다.

제아무리 학식이 높은 사람일지라도 동물적인 본성을 완전히 버리지 못한다.

마법사들도 예외가 아니다.

인성이야 어떻든 레벨만 높으면 대우해 주는 곳이 바로 마법쪽의 관례가 아닌가.

브로큰하트는 람스가 답답하게 느껴져 견딜 수가 없었다.

그 밉살맞은 마법사 녀석 앞에서 간단한 재주 하나만 보여줬어도 이런 대우는 피할 수 있었을 텐데.

'남자가 뱃도 없이······.'

브로큰하트는 속으로 투덜거렸다.

그래도 굳이 불만을 겉으로 표현하지는 않았다.

람스는 마족들 때문에 임시로 동행하는 사이일 뿐.

언젠가는 헤어질 것이다.

그가 다른 사람들에게 어떤 대우를 받든 자신과는 아무런 상관이 없었다. 그를 생각해 주는 척 행동하는 것도 어디선가에서 감시하고 있을지도 모를 마족들에게 보여주기 위한 연기에 지나지 않았다.

람스와 브로큰하트가 다 쓰러져가는 2층 건물에 가까워졌을 때였다.

"고작 그 정도 실력으로 날 가르치겠다고? 십 년은 이르다!"

날카로운 목소리와 함께 가옥의 문이 박살나며 누군가가 튀어나왔다.

문짝을 박살내며 튀어나온 인물은 붉은 로브를 뒤집어 쓴 마법사였다.

"으아악!"

바닥으로 떨어진 마법사가 미친 듯 비명을 질렀다.

그의 등과 옆구리에 불이 붙었기 때문이다. 마법사는 바닥을 데굴데굴 굴렀지만, 불은 꺼지지 않았다.

"으아아악!"

마법사의 비명이 더욱 커졌다.

몸에 붙은 불길은 순식간에 로브를 태우고 내부의 살까지 삼키려 들었다.

람스가 인상을 찡그리더니 마법사에게 다가갔다.

그가 불붙은 마법사의 몸에 가볍게 손을 댔다.

마법사의 전신을 삼킬 듯이 타오르던 불길이 순식간에 람스의 손바닥으로 빨려 들어갔다.

"저, 정말 고맙소."

불이 꺼지자 간신히 정신을 차린 마법사가 람스에게 고마움을 표했다.

"무슨 일입니까?"

사람이 불길에 휩싸인다는 것 자체가 드문 일이다. 게다가 마법사의 몸에 붙어 있던 불길은 평범한 불이 아니었다.

땅바닥에 비벼도 꺼지지 않는 불이라니.

마법으로 일으킨 불이었다.

마법사가 집안을 바라보며 한숨을 쉬었다.

"저 마귀와 같은 꼬맹이 녀석 때문에……."

그 말이 끝나기도 전에 집안에서 쇠를 긁는 듯한 거북한 음성이 들려왔다.

"꼬맹이? 너 정말 죽고 싶어?"

그 서슬 퍼런 목소리에 마법사는 경기하듯 몸을 벌떡 일으키더니, 꽁지가 빠져라 달아났다.

"이, 이 일은 절대로 그냥 넘어가지 않을 것이다. 탑주님께 네 녀석의 일을 반드시 보고하고 말테다!"

"하하하. 마음대로 해. 난 겁나지 않으니까."

"두고 보자!"

마법사는 멀리서 주먹을 한 차례 휘둘러보이곤, 순식간에 사라지고 말았다.

브로큰하트가 집안과 밖을 번갈아보며 고개를 갸우뚱했다.

"무슨 일일까요?"

"글쎄. 들어가 보면 알게 되겠지."

제5화
사람은 그리 쉽게 죽지 않습니다

 넝쿨에게 점령당한 것처럼 보이는 이층 건물.
 겉은 다 쓰러져가는 것처럼 보였지만, 정작 내부는 그런 외부와는 완전 달랐다.
 "겉은 거지 소굴 같은데, 안은 황실이군."
 브로큰하트의 말대로 건물의 내부와 외부는 천국과 지옥처럼 완전 동떨어진 세계였다.
 거실과 각 방을 가득 채운 고가구들.
 벽에 걸린 번쩍거리는 장식들과 그림들.
 어지간한 귀족의 대저택도 이곳보다 화려하지는 못할 것이다. 압슬라 술탄의 대저택 이후로 브로큰하트는 다시 한 번 별

세계를 구경하게 되었다.

저택 내부의 화려한 모습에 브로큰하트는 기분이 좋아졌다.

그들을 이곳에 떨어트려놓고 도망간 마법사 녀석도 이 순간만큼은 용서할 수 있을 것 같았다.

그러나 건물 내부에 있는 모든 것이 그의 마음에 들었던 것은 아니었다.

단 하나. 마음에 들지 않는 것이 있었다.

"너흰 뭐냐?"

13, 14세가량으로 보이는 검은 피부의 소년이 짐승 가죽을 씌운 소파 위에 길게 드러누운 채 물었다.

그 태도와 목소리가 당돌하기 짝이 없었다.

"그러는 넌 웬 놈이냐?"

브로큰하트가 눈을 부라리며 물었다.

근래 들어 많이 자제하고 있지만, 본래 그의 성격은 성급하고 포악했다. 새파랗게 어린놈의 건방을 포용해 줄 정도로 인자하지는 않았다.

"웬 놈?"

소년의 입매가 보기 흉하게 비틀어졌다.

"이건 또 어디서 온 거지 발싸개 같은 자식들이야?"

쩍 벌린 다리 사이로 두 사람을 살피던 소년이 이유를 알겠다는 듯 잔뜩 비꼬인 투로 입을 열었다.

"오호라, 네놈들. 또 날 가르치기 위해서 온 마법사로구나.

흥, 정말 질리지도 않고 계속 덤벼드는군."

소년의 기세가 돌변했다.

지금까지 두 사람을 동냥하러온 거지 취급을 했다면, 지금은 자신의 영역을 침범한 적으로 취급했다.

"흥. 과연 네 녀석은 얼마나 버틸지 궁금하군. 스팩터."

소년의 말에 소파 뒤에서 호리호리한 인영이 불쑥 튀어나왔다.

스팩터라는 인물은 검은 두건을 깊게 눌러쓰고 있었다.

키가 유난히 크고, 머리에서 발끝까지 검고 칙칙한 옷을 입고 있어 외부로 드러난 것은 오로지 두 눈뿐이었다.

소년은 짜증이 가득한 시선으로 람스와 브로큰하트를 가리키며 말했다.

"저 귀찮은 놈들을 당장 내다 버려."

"알겠습니다."

시원스럽게 대답한 스팩터가 한 줄기 검은 바람처럼 몸을 날렸다.

"뭐야? 이거. 환영 인사가 너무 거창하잖아?"

브로큰하트가 대뜸 앞으로 나섰다.

안 그래도 마법사들의 부당한 대우에 몸이 근질거리던 참이었다. 시빗거리가 없어도 만들고 싶은 상황인데, 오히려 저쪽에서 걸어주니 반갑기까지 했다.

"네까짓 놈. 맨손으로도 충분하지."

브로큰하트가 쿵쿵 바닥을 밟으며 자세를 잡았다.

그는 한 줄기 검은 그림자를 뿌리며 달려드는 스팩터를 향해 거대한 주먹을 휘둘렀다.

후아앙!

주먹이 바람을 가르는 소리가 폭풍소리처럼 크고 웅장하다.

위력 또한 대단했다.

주먹과 함께 일어난 바람이 주위를 웅웅 진동시킬 지경이었다.

그러나 스팩터의 실력도 결코 가볍지는 않았다.

"흥!"

가벼운 코웃음과 함께 스팩터가 갑자기 몸을 정지했다.

쾌속하게 달리다가 이처럼 갑작스럽게 멈추는 것은 매우 어려운 일이다. 그럼에도 스팩터는 아무렇지도 않다는 듯 그 일을 해냈다.

"이 녀석이!"

브로큰하트는 스팩터의 실력이 그리 가볍지 않다는 것을 깨달았다. 연달아 두 번의 주먹을 날렸다.

스팩터는 그 공격마저도 가볍게 피해냈다.

"오냐. 제대로 해보잔 말이구나!"

브로큰하트는 성난 황소처럼 콧김을 내뿜으며 공격을 쏟아냈다. 일단 발동이 걸리자 그의 공격은 험악하기 이를 데 없었다.

스팩터도 이때만큼은 긴장하며 연신 뒤로 물러났다.

'이 곰 같은 녀석의 실력이 결코 만만하지 않구나.'

그는 이내 목표를 수정했다.

'차라리 저쪽의 청년이 상대하기 쉽겠다.'

스팩터는 브로큰하트의 머리를 넘어 람스에게 달려들었다.

브로큰하트는 애써 뒤쫓지 않았다.

이미 람스의 실력을 알고 있는데다, 스팩터를 상대로 람스가 어떤 대응을 할지 궁금하기도 했다.

휘아아악!

이미 브로큰하트에게 한 번 쓴맛을 본 스팩터는 처음부터 전력을 기울였다.

그의 신형이 소용돌이처럼 빙글빙글 회전하며 람스의 몸을 휘감아왔다.

"재미있는 기술이군."

람스는 흥미로운 표정으로 스팩터의 움직임을 살펴보다 마지막 순간에 가볍게 손을 내밀었다. 마침 그 순간은 스팩터가 람스에게 공격을 가하기 위해 몸을 비틀 때였다.

람스가 슬쩍 내민 손은 교묘하게도 스팩터의 얼굴을 가렸다. 갑자기 시야가 봉쇄되자 깜짝 놀란 스팩터가 펄쩍 물러났다.

그러나 여전히 앞은 보이지 않았다.

람스가 손을 내민 채 그가 물러선 만큼 다가섰기 때문이다.

"……!"

스팩터는 놀라지 않을 수 없었다.

'이자의 실력이 저 거한보다 결코 약하지 않구나.'

그는 람스의 손을 피하기 위해 복잡한 동작으로 몸을 피했다. 그에 반해 람스는 그저 슬쩍 슬쩍 산보를 하듯 몸을 움직였다.

그럼에도 불구하고 스팩터는 그의 손에서 벗어날 수가 없었다.

"도대체 뭘 하는 거야!"

내내 소파에 방만한 자세로 누워 있던 소년이 벌떡 몸을 일으켰다.

그는 불만이 덕지덕지 묻어나는 얼굴로 스팩터와 람스를 번갈아가며 쳐다보았다.

그가 보기엔 람스와 스팩터가 장단을 맞추며 노는 것처럼 보였다.

물론 스팩터는 사력을 다해 몸을 피하려고 노력했다.

다만, 람스가 워낙 여유롭게 대처하여 그렇게 보인 것뿐이다.

"당장 이리 와!"

소년이 외쳤다.

스팩터가 재주를 넘으며 그의 등 뒤로 돌아왔다.

"로쉬 님. 위험한 자들입니다."

스팩터가 소년에게 경고했다.

"알고 있어!"

소년의 음성엔 짜증이 가득 묻어 있었다.

그는 이미 람스와 브로큰하트의 실력이 보통이 아님을 알았다.

스팩터는 대단한 실력자다.

그보다 더 대단한 전사는 몇 보지 못했다.

그럼에도 이들 두 사람에게 기를 펴지 못했다.

"제법인데? 지금까지와는 달라. 하지만 과연 내 능력 앞에서도 그렇게 여유를 부릴 수 있을까?"

소년이 씩씩거리며 앞으로 나섰다.

브로큰하트가 그를 보고 나직하게 비웃었다.

"젖비린내 나는 꼬맹이가."

그 말에 소년이 발끈하여 화를 냈다.

그는 꼬맹이란 말을 유난히 싫어했다.

"용서하지 않겠어."

순간 소년의 몸이 붉게 변했다.

단순한 피부의 변색이 아니다.

흥분하여 얼굴이 붉어지는 것과는 차원이 다른 변화였다.

놀랍게도 소년은 실제로 열이 오르고 있었다.

주변으로도 화끈한 열기가 전달되었다.

천천히 오르던 온도는 어느 순간 폭발하듯 증폭되었다.

온몸의 옷이 깃발처럼 펄럭이더니, 급기야 소년의 전신에서 타오르듯 불길이 일렁였다.

"뭐야? 이건."

브로큰하트는 소년의 변화가 믿기지 않았다.

몸이 불타오르다니. 그것도 스스로의 의지로 말이다.

삽시간에 온도가 후끈하게 달아올랐다.

열기를 발하는 소년의 몸은 적어도 수백 도 이상은 족히 되어보였다. 사람의 체온이 이렇게 오르면 온몸의 체액이 부글부글 끓으며 죽어야 한다.

그러나 정작 소년은 멀쩡했다.

"음."

소년을 가만 지켜보던 람스가 나지막한 탄성을 흘렸다.

그는 특수한 이유로 인해 소년의 몸속을 자유롭게 볼 수 있었다. 그가 본 소년의 몸속은 거칠고 황량한 불길로 가득 차 있었다.

'정상적이지 않은 현상이다. 마법인가? 아니야. 그와는 조금 다르다.'

그때였다.

기세를 올리고 있던 소년이 두 사람을 향해 몸을 날렸다.

"크하하하. 각오해라!"

찢어지는 웃음과 함께 소년이 발을 굴렀다.

쾅 하는 폭음이 울리며 소년이 디뎠던 바닥에서 불길이 일었다. 그 폭발력을 추진력으로 변환하여 소년은 그야말로 쏘아진 포탄과 같은 기세로 날아갈 수 있었다.

돌로 된 바닥에 불이 붙을 지경이니, 사람에게 닿으면 온전하지 못할 것임은 불을 보듯 뻔한 일이다.

"흥. 제법 신기한 재주다만, 이 브로큰하트 님에게 대항하려면 아직 한참 멀었다. 애송이 녀석!"

브로큰하트가 콧김을 뿜으며 등 뒤에 멘 도끼를 꺼내 휘둘렀다.

"브로큰하트. 상대는 아이다."

람스가 그에게 말했다.

"알고 있습니다."

브로큰하트는 도끼를 거꾸로 잡았다. 그러곤 도끼 자루로 소년을 후려쳤다.

과연 그의 실력은 훌륭했다.

소년의 움직임이 빛살처럼 빨랐지만, 브로큰하트의 도끼를 피할 수는 없었다.

브로큰하트의 도끼자루가 소년의 아랫배에 부딪혔다.

쩌엉!

난데없는 쇳소리가 울렸다.

"뭣?"

브로큰하트가 놀란 신음성을 흘렸다.

그의 도끼자루에 소년의 옷자락이 찢어졌다.

그렇게 드러난 소년의 가슴과 배.

놀랍게도 붉은 빛이 감도는 비늘로 덮여 있는 것이 아닌가.

가만 보니 갑옷은 아니었다.

비늘은 소년의 피부와 자연스럽게 이어져 있었다.

비늘은 바로 소년의 피부였다.

"뭐야? 이놈. 괴물이잖아."

"괴물이 아니다!"

소년이 버럭 고함을 치며 브로큰하트의 사타구니를 걷어찼다.

"우워어어!"

참을 수 없는 고통!

브로큰하트는 비명과 함께 무너졌다.

"다음은 네놈이다."

브로큰하트를 물리친 소년이 의기양양하게 외치며 람스에게 달려들었다.

이번에도 쾅 하는 폭음과 함께 바닥에서 불길이 치솟았다. 그와 동시에 소년이 하늘에서 유성처럼 날아왔다.

소년의 변화를 흥미롭게 지켜보던 람스의 표정이 엄해졌다.

"장난이 과하군."

돌바닥을 단숨에 녹이는 열기를 전신에 두르고 사람에게 덤비다니.

위험한 장난이다.

아니, 이미 장난이라고 부를 수 있는 수준을 넘어섰다.

그럼에도 정작 소년은 위험하다는 생각을 하지 못하는 듯 보였다.

"개소리!"

소년이 욕을 뱉었다.

소년의 속도는 이미 사람의 육안으론 확인이 불가능할 정도로 빨랐다.

람스는 태연하게 손을 뒤로 내밀었다.

소년의 주먹이 빨려들듯이 람스의 손바닥 안으로 들어갔다.

소년이 낄낄거리며 외쳤다.

"내 주먹을 맨손으로 받았다간 당장에 네 손이 날아갈걸?"

"글쎄. 과연 그럴까?"

람스의 대답과 함께 두 사람의 손이 허공에서 맞부딪혔다.

퍼엉!

폭음과 함께 붉은 화염이 불꽃처럼 일어났다.

"멍청이. 내가 뭐랬어. 손이 날아갈 거라고······."

기고만장한 얼굴로 소리치던 소년은 다음 순간 경악성을 지르고 말았다.

"헉! 뭐, 뭐야. 내 불길이······."

소년은 경악을 금치 못했다.

주먹에서 활활 타오르던 화염.

당연히 청년의 손을 날려 버릴 것이라 믿었던 그의 화염이 놀랍게도 약한 폭음 한 번을 터트리더니 사라져 버렸다.

람스의 손 안으로 빨려 들어가 버린 것이다.

"뭐, 뭐야?"

소년은 당황했다.

손바닥으로 불을 흡수한다고?

무슨 이런 녀석이 다 있어?

능력을 얻은 이후로 이렇게 당황스런 적은 결단코 처음이었다.

하지만 그는 알지 못했다.

당황스러운 사태는 이제 겨우 시작이라는 것을.

람스라는 이름의 막을 수 없는 시련이 그를 내려다보고 있었다.

"일그러진 힘을 가지고 있구나. 그러니 발작을 일으키고 버릇 또한 없어진 거야. 분에 넘치는 힘은 말썽을 일으키기 마련이지."

람스가 다른 손을 뻗어 소년의 정수리에 얹었다.

스으으으윽!

무시무시한 흡입력과 함께 소년의 몸을 붉게 달구던 불길이 그의 손바닥으로 빨려 들어갔다.

"히, 히익!"

소년은 대경실색했다.

설마 정말로 화염을 빨아들이다니.

이런 능력의 마법사가 있는 줄은 꿈에도 상상하지 못했다.
"그, 그만 둬!"
소년이 발버둥을 쳤다.
팔과 다리를 휘두르며 저항했다.
하지만 헛된 저항에 불과했다.
그런 주먹에 맞을 정도로 람스는 허술한 사람이 아니었다.
스아아아악!
흡입력이 한층 더 커졌다.
벌써 소년의 몸속에 있던 화염 중 절반 이상이 람스에게로 빨려 들어갔다.
일단 람스의 몸속으로 흡수된 화염은 난폭한 기세가 사라지고, 온순한 양처럼 그의 의지에 순응했다.
람스는 저쪽 세상에서 화염의 군주였다.
세상의 모든 불은 그의 것이며, 그의 명령에 순종한다.
소년의 화염 또한 그러했다.
"으으으."
화염을 빼앗긴 소년이 얕은 신음을 흘렸다.
기력이 쇠한 노인처럼 팔다리가 힘없이 늘어졌다.
"머, 멈춰라!"
앙칼진 목소리와 함께 검은 그림자가 날아들었다.
소년의 지키던 스펙터였다.
주인의 위기에 그가 몸을 날린 것이다.

스팩터는 짧은 단도 두 자루를 꺼냈다. 검신이 유난히 푸르게 빛나고 있었다.

"독입니다. 조심하십시오."

엎드린 채 다리 사이를 주무르고 있던 브로큰하트가 커다란 목소리로 경고했다.

결론적으로 말해 쓸데없는 행동이었다.

스팩터의 움직임을 보던 람스가 돌연 소년을 들어올려 방패로 삼았다.

"움직이지 않는 게 좋을 거요."

"비, 비겁하다."

스팩터가 소리쳤다.

람스가 부드럽게 웃으며 말했다.

"여자와 싸우는 것보다는 차라리 비겁하다는 소리를 듣는 게 좋을 것 같소만."

그 말에 스팩터가 움찔 놀랐다.

여자인 것을 들키다니.

"어떻게……!"

그녀는 목소리도 굵게 내고 있고, 몸집도 각종 장치로 건장한 사내처럼 불렸다. 지금까지 누구도 그녀가 여자인 것을 알아차리지 못했다.

그런데 람스는 너무도 쉽게 그녀의 정체를 눈치챈 것이다.

람스는 대답하지 않았다.

대신 소년에게서 화염을 뽑아내는 작업에 열중했다.

'이 화염. 이 소년이 만들어낸 마법은 아니군.'

그는 소년의 상태를 한 눈에 파악했다.

소년은 감당할 수 없는 거대한 화염을 몸속에 품고 있었다. 어떻게 그렇게 된 것인지는 모르지만, 그로 인해 성격과 신체에 문제가 생겼다는 것만은 분명했다.

불의 속성은 활성과 번성, 문명의 화려함, 온기, 사랑과 같은 의미를 갖고 있다. 그리고 또한 전쟁, 폭력, 사악함, 폐허, 죽음과 같은 부정적인 의미 역시 내포하고 있었다.

유감스럽게도 소년은 불의 부정적인 속성에 많은 영향을 받았다.

포악하고 거친 성격도 그 때문에 생긴 일이었다.

람스는 소년의 몸속에 숨어 있는 화염을 모조리 뽑아낼 생각이었다.

"이, 이러지 마."

소년이 애원했다.

몸속의 화염이 빠져나갈수록 손발이 무거워지고, 넘치던 활력이 사그라졌다.

이대로 모든 힘이 사라지는 것은 아닐까 그는 두려웠다.

그러나 람스는 작업을 멈추지 않았다.

소년은 더욱 다급해졌다.

"너, 너 이 자식. 내가 누군 줄 알아?"

"버릇없는 꼬맹이지."

작업 속도가 한층 빨라졌다.

"헛!"

소년은 헛바람을 집어삼켰다.

'이, 이 녀석은 권력에 굴복할 놈이 아니로구나.'

하지만 그렇다고 넋 놓고 있을 수만은 없었다.

힘으로도 안 되고 스팩터의 도움도 기대할 수 없는 상황. 한 가닥 희망이 있다면 배경뿐이었다.

'이 녀석은 내가 누군지 몰라서 이러는 거야. 내 진짜 정체를 알게 되면 절대로 이러지 못할걸?'

확신이 든 소년이 특유의 갈라진 목소리로 다시 외쳤다.

"경고한다. 날 건들지 마. 더 이상 날 건들면 맹세컨대 너는 물론이고, 너의 가족 또한 무사하지 못할 거야. 아니, 너와 관계된 모든 자들이 죽음을 면치 못할 거야."

람스의 표정이 조금 심각해졌다.

"그건 곤란하군. 난 딸린 식구들이 많거든."

작업 속도가 조금 느려졌다.

소년의 눈빛에 득의의 표정이 떠올랐다.

"흐흐흐. 이제야 감이 온 모양이군. 그래, 날 화나게 하면 큰일이 벌어져. 이 나라의 절반이 불타고 말걸? 그러니까 이쯤에서 적당히 물러서. 지금 당장 무릎을 꿇는다면 너 하나 정도로 용서해 줄지도 모르니까."

소년의 협박은 확실히 효과가 있는 듯 보였다.

람스는 실제로 소년의 머리에서 손을 거두었다.

심지어 두어 걸음 물러서기까지 했다.

"흐흐흐. 잘 생각했다."

소년이 음침한 웃음을 되찾았다.

'놈! 각오해라. 내가 널 용서할 줄 알고? 절대로 그렇겐 못하지. 너와 관련된 놈들은 모조리 죽여 버릴 테다. 각오해라. 절대로 한 번에 죽이지는 않을 테니까. 자근자근 머리에서 발끝까지 고통을 주다 죽여주마.'

실제로 그에겐 그런 힘이 있었다.

이 위기만 벗어나면 람스를 원하는 대로 궁지로 몰아넣을 수 있었다.

그렇게 사건은 소년이 원하는 대로 끝나는 듯 보였다.

소년과 적당히 거리를 벌린 람스가 누군가를 부르기 전까지는 말이다.

"브로큰하트."

"기다리고 있었습니다."

다리 사이를 감싸 안은 채 부들부들 경련을 떨고 있던 거한이 몸을 일으켰다.

간신히 사태를 수습한 모양이다.

천천히 몸을 일으키는 그의 전신에서 검은 살기가 이글이글 불타오르고 있었다.

자칫했으면 종족 번식의 사명을 영원히 달성하지 못할 뻔했다.

지금 브로큰하트의 전신에서 피어오르는 검은 살기는 바로 중요한 부분을 공략당한 수컷의 맹렬한 분노였다.

그런 그를 보고 람스가 말했다.

"난 이 소년이 무서워서 더 이상 건드릴 수 없을 것 같네. 자칫하면 딸린 식구들이 위험할 상황이라서 말이야."

"흐흐흐. 그거라면 걱정 마십시오. 전 딸린 식구가 없으니까요."

브로큰하트가 소년에게 성큼성큼 걸어갔다.

"좀 전엔 아주 고마웠다. 덕분에 한 달 정도는 여자 생각이 안 날 것 같구나."

소년을 내려다보며 브로큰하트가 끌끌 웃었다.

그 섬뜩한 웃음에 소년은 자지러질 듯이 비명을 지르고 말았다.

"히, 히이익!"

*　　*　　*

브로큰하트는 인정사정이 없었다.

식량창고를 거덜 낸 쥐를 잡듯 그야말로 필사적으로 소년을 팼다.

소년은 온몸을 비틀며 고통을 호소했다.

"히악. 끄악. 으아악. 끄워어!"

어딜 어떻게 때리는지 브로큰하트의 손이 움직일 때마다 소년은 죽어라고 비명을 질러댔다.

그 비명이 얼마나 처참하던지 절로 측은한 마음에 들 지경이었다. 그러나 유감스럽게도 브로큰하트는 동정심이라고는 눈곱만큼도 없는 인간이었다.

소년이 아무리 눈물을 흘리고 빌어도 그는 절대로 봐주지 않았다. 오히려 운다고 때리고, 빈다고 때리고, 비명을 지른다고 더 때렸다.

이러자 소년은 울지도, 빌지도, 그렇다고 비명을 지르지도 못하는 신세가 되었다. 그저 브로큰하트의 손길이 스쳐 지나갈 때마다 부들부들 몸을 떠는 것이 할 수 있는 전부였다.

"도, 도련님."

그 모습을 보고 있어야 하는 스팩터는 그야말로 좌불안석이었다.

의자에 일어나지도 서지도 못한 채 안절부절못했다.

급기야 참지 못하고 소년에게 달려가려 했다.

점잖은 목소리가 스팩터의 발을 묶었다.

"그대로 계십시오."

람스였다.

그는 소파에 편하게 앉은 채 스팩터를 쳐다보고 있었다.

부드러운 눈길.

그에게서 은은하게 배어나오는 존재감은 상상 이상이었다. 그 말없는 강압에 스팩터는 슬그머니 소파에 다시 앉았다. 하지만 소년에 대한 걱정을 참지 못하고 람스에게 말했다.

"이만하면 충분하지 않습니까. 저러다 죽을지도 모릅니다."

람스가 그를 바라보며 빙그레 미소를 지었다.

마치 세상의 모든 불쌍한 사람들을 구원할 것만 같은 선지자와 같은 미소였다. 그 따사로운 미소에 단련된 스팩터의 가슴마저 사르르 녹아내릴 것 같았다.

그런 따스한 미소를 지은 채 람스가 말했다.

"사람은 그렇게 쉽게 죽지 않습니다."

"네?"

스팩터는 어안이 벙벙해졌다.

한없이 인자하고 따스한 미소를 지은 람스가 정작 하는 말은 황당하다.

사람은 쉽게 죽지 않는다니.

그렇다면 아직 더 패겠다는 소리가 아닌가.

'저럴 바엔 차라리 직접 하지.'

무식한 브로큰하트에게 일을 맡기는 것도 불만이다.

람스가 그의 마음을 읽었는지 입을 열었다.

"저는 여자와 아이는 될 수 있으면 패지 말자는 주의라서요."

"……!"

될 수 있으면 패지 말자니.

여차하면 패 버린다는 말이 아닌가.

"그렇게 걱정이 되십니까?"

"당연하죠. 저러다 죽기라도 하면……"

"알겠습니다. 브로큰하트에게 따로 주의를 주겠습니다."

람스가 브로큰하트를 돌아보며 말했다.

"들었는가? 그 소년이 죽으면 곤란하네."

브로큰하트가 열심히 소년을 다지며 대답했다.

"알겠습니다. 죽이지는 않도록 노력하겠습니다."

대답이 끝나기 무섭게 브로큰하트의 발길질이 한층 더 거세졌다. 마치 지금까지는 적당히 팰 기세였지만, 이젠 딱 죽기 직전까지 패 버리겠노라 결의를 하는 것 같았다.

스팩터의 안색이 창백해졌다.

도와주려고 말을 걸었다가 오히려 사태를 더욱 악화시킨 꼴이 되었다. 그 후로 스팩터는 꿀 먹은 벙어리처럼 입을 꼭 다물고 있어야 했다.

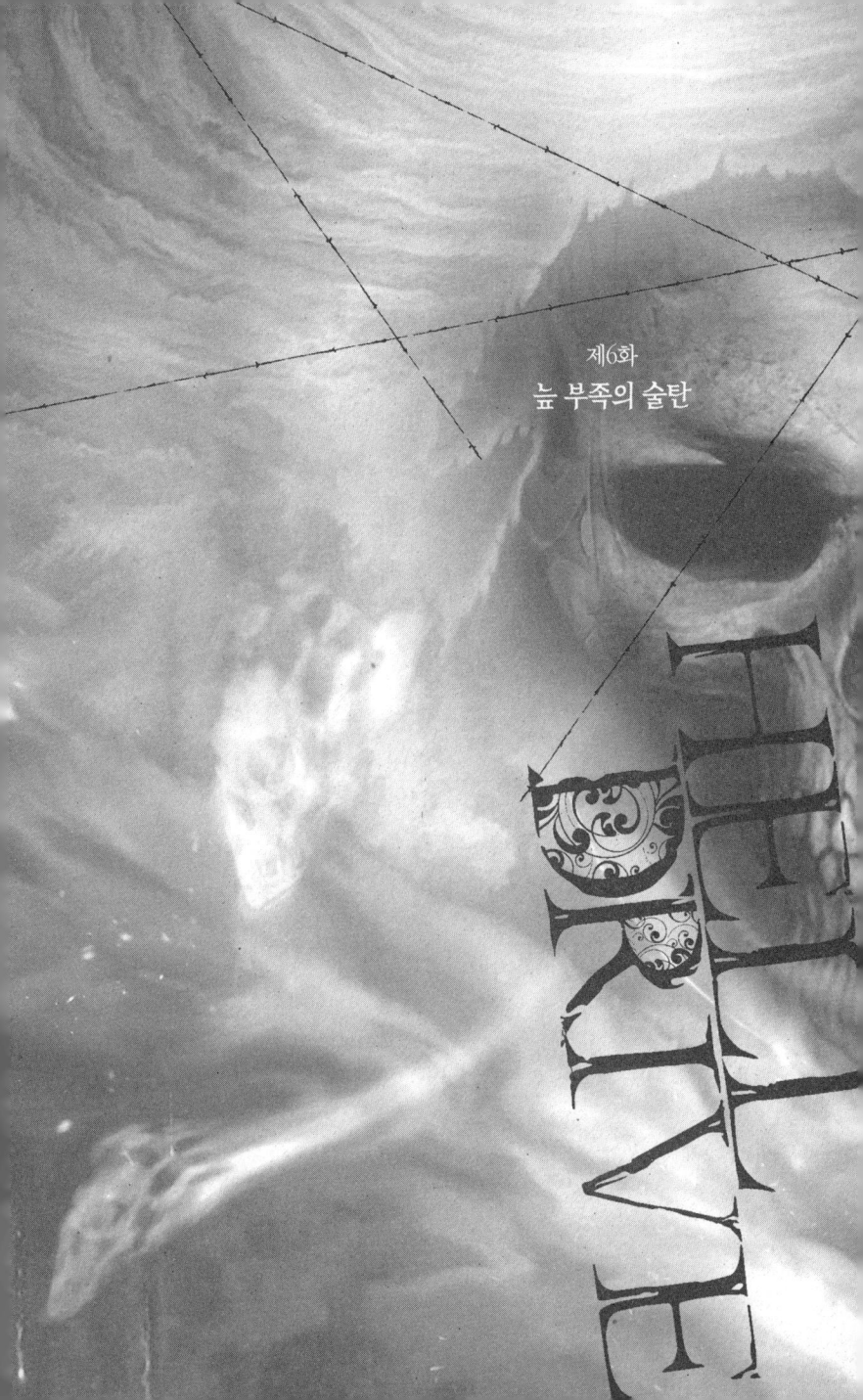

 교화를 빙자한 브로큰하트의 폭력은 자그마치 1시간이 넘게 이어졌다.
 "죽지 않았습니다."
 작업을 끝낸 브로큰하트가 뿌듯한 표정으로 말했다.
 과연 그의 말대로 소년은 죽지 않았다.
 딱 죽지 않을 정도만 팼기 때문이다.
 "로쉬 님!"
 스팩터가 비명을 지르며 소년을 감싸안았다.
 황급히 소년의 상태를 확인했다.
 그야말로 죽기 일보 직전이다.

그녀는 저택 안으로 달려가 포션들을 들고 왔다.
같은 무게의 금보다 비싸다는 포션들이 소년의 몸 위에 물처럼 쏟아졌다.
과연 비싼 포션의 효과는 대단했다.
죽어가던 소년의 상태가 금세 호전됐다.
"휴."
스팩터는 안도의 한숨을 쉬었다.
소년이 죽지 않아 정말 다행이다. 만약 그가 죽었다면 정말 끔찍한 일이 벌어졌을 것이다.
'음?'
소년의 상세를 살피던 스팩터는 한 가지 이상한 점을 발견했다. 소년의 맨 가슴과 배 부위가 이전과 달랐다.
'비늘이 없어졌어?'
스팩터의 눈이 찢어질 듯 커졌다.
급히 소년의 상의를 걷어 올렸다.
어린 소년 특유의 건강한 피부가 드러났다.
등도 살펴봤다. 그쪽 역시 평범한 사람의 피부다.
스팩터의 입이 쩍 벌어졌다.
'없다. 정말로 사라졌어.'
본래 소년의 배와 등엔 보기 흉한 붉은 비늘이 잔뜩 돋아나 있었다. 소년의 피부를 뒤덮고 있는 비늘을 볼 때마다 스팩터의 걱정이 이만 저만이 아니었다.

그런데 소년의 몸을 잠식하던 비늘이 어찌된 이유에선지 모조리 사라진 것이다.

'혹시 방금 전의 일 때문인가?'

스팩터는 람스와 소년의 싸움을 떠올렸다.

폭주하던 소년에게서 화염을 빨아들이던 람스.

어쩌면 그 때문에 소년의 증상이 회복된 것인지도 모른다.

그녀는 당장 람스에게 달려갔다.

"호, 혹시 저희 도련님을 치료해 주신 겁니까?"

람스는 입가에 미소를 지은 채 그녀를 보았다.

그 인자한 미소에 스팩터는 큰 오해를 하고 말았다.

"역시…… 당신이 저희 도련님을 구해 주신 거군요."

그는 람스의 발아래에 고개를 조아리며 감사를 표했다.

람스는 그녀가 갑자기 왜 이러나 싶었지만, 잠자코 있었다. 사실 그녀에게 물어볼 말도 있었다.

"당신의 도련님이 어쩌다 그렇게 되었는지 궁금하군요."

람스의 은혜에 감동한 스팩터는 그에 대한 경계를 완전히 풀었다.

"모두…… 모두 알려드리겠습니다."

* * *

소년의 이름은 로쉬.

늪 부족의 술탄인 두라하의 유일한 아들이었다.

술탄의 아들이란 지위로 말하자면 일국의 왕자와 같은 신분이었다. 그는 어릴 적부터 버릇없고, 제멋대로인 성격으로 성장했다.

그나마 악동처럼 장난은 치되, 악의는 없었다는 점이 다행이라면 다행이랄까.

그런 성격에 변화가 생긴 것은 로쉬의 나이 13세.

즉, 작년에 일어났던 한 가지 사건 때문이었다.

두라하의 저택엔 오래전부터 전해져 내려오는 일족의 보물이 있었다.

오브라 불리는 둥근 구슬과 같은 물체가 그것이다.

오브는 그 안에 회오리치는 화염과 같은 기운이 있어, 보는 사람으로 하여금 절로 경건한 마음을 갖게 하는 보물이었다.

로쉬가 일족의 보물인 오브와 접촉한 것은 그야말로 우연이었다.

스팩터와 숨바꼭질을 하며 놀던 그는 우연히 이상한 방으로 들어가게 되었다. 그곳에서 로쉬는 단상 위에 고이 보관된 오브를 보았다.

오색찬란한 빛깔을 뿜어내는 신비한 오브.

한순간, 오브에 매료된 로쉬는 그만 그것을 만지고 말았다.

그때였다.

오브에서 갑자기 불길이 일어나더니 로쉬를 감쌌다.

영혼까지 불사를 듯한 충격에 그는 기절하고 말았다. 그리고 기절한 그가 다시 깨어났을 때는 이미 한 달에 가까운 시간이 흐른 후였다.

"로쉬 님과 오브의 접촉은 누구도 상상하지 못한 파장을 낳았습니다. 항상 영롱한 빛을 뿜어내던 오브는 그 이후로 빛을 잃어버렸고, 대신 로쉬 님은 지금처럼 기이한 능력을 얻게 된 것입니다."

깊은 탄식을 토해낸 스팩터가 답답한 심정을 담아 말을 이어나갔다.

로쉬의 성격이 변한 것은 바로 이때부터였다.

오브와 접촉한 로쉬는 전신에서 화염을 일으키고, 초원을 질주하는 표범처럼 빠른 발을 갖게 되었다.

또한 수백 도의 화염에도 뜨거움을 느끼지 못했다.

변화가 그것뿐이었으면 차라리 일족의 행운이라고 생각했을 것이다.

유감스럽게도 오브의 화염은 그의 성격마저 바꾸고 말았다.

조금 짓궂은 악동에 불과하던 로쉬는 이후 단순한 장난으로 치부할 수 없을 정도로 포악해졌다.

'오브!'

람스는 로쉬의 사연에 등장한 한 가지 물건에 촉각을 곤두세웠다.

오브.

로쉬의 사연은 여러 면에서 람스와 비슷한 점이 많았다.

오브와의 접촉.

힘의 습득.

하필이면 습득한 힘이 불이라는 것도 그랬다.

'로쉬는 나와 같은 오브 사용자란 소리군.'

람스는 스팩터에게 질문을 던졌다.

"그 전엔 오브를 만진 사람은 없습니까?"

"그건 아닙니다. 신성시 하는 물건이긴 했지만, 관리를 위해 먼지를 털어내는 경우도 있었고, 위치가 바뀌는 일도 많았습니다. 그럴 때마다 오브와 접촉이 있었습니다. 하지만 로쉬 님과 같은 변화가 일어난 경우는 단 한 번도 없었습니다."

람스는 다시 한 번 고개를 끄덕였다.

생각대로다.

오래전, 람스가 접촉한 오브는 스승님의 보물이었다.

스승님은 오브의 비밀을 밝혀내기 위해 연구를 거듭했다. 오브를 얼마나 아꼈는지, 잠을 잘 때도 품에 안고 잘 정도였다. 당연히 제자인 람스의 접촉은 허용되지 않았다.

하지만 얄궂게도 정작 그 힘을 흡수한 것은 스승이 아닌 람스였다.

스팩터의 말이 이어졌다.

"로쉬 님의 포악함은 날이 갈수록 심해졌습니다. 그러던 어느 날 이상한 변화가 일어났습니다."

그것은 등에서부터 시작했다.

처음 시작은 작은 점처럼 작은 것이었다.

등의 일부분이 딱지가 앉은 것처럼 딱딱하게 변했다.

처음엔 다들 대수롭지 않게 생각했다.

하지만 날이 갈수록 증상은 기하급수적으로 악화되었다. 딱딱한 부위가 점차 넓어지더니 어느새 등 전체를 뒤덮고 배까지 영역을 확장했다.

그리고 어느 날, 로쉬의 상태를 살피던 의사가 비명처럼 외쳤다.

"이건 딱지가 아닙니다. 비늘, 비늘이에요."

의사의 말처럼 그것은 비늘이었다.

물고기의 그것과는 다른, 갑옷처럼 딱딱한 비늘이었다.

술탄은 로쉬의 병을 크게 걱정했다.

이대로 두면 로쉬가 괴물로 변할 것 같았다.

술탄은 큰돈을 들여 의사들과 주술사들을 불렀다.

그러나 그 누구도 로쉬를 치료하지 못했다.

술탄은 마지막 수단으로 그를 적탑으로 보냈다.

로쉬의 능력이 화염과 관련이 있으면, 어쩌면 화염을 근본으로 하는 적탑의 마법사들이 그를 치료할 수 있을지도 모른다는 생각에서였다.

그의 판단은 옳았다.

마법사들은 로쉬의 증상을 금세 파악해냈다.

오브와 접촉했다는 것과 그러한 사람을 오브 사용자라고 부른다는 것 또한 알고 있었다.

치료 방법도 알고 있었다.

"적탑의 마법사들이 말하길, 마법을 익혀서 몸속의 화염을 제어할 수 있게 되면 자연히 치료가 될 거라 했습니다. 실제로 그러한 방법으로 치료된 사람도 있다고 했고요."

그 후 로쉬는 적탑에 머물며 마법사들에게 마법을 배웠다.

문제는 로쉬의 성격이 지나치게 거칠다는 점이었다.

그는 마법스승들을 걸핏하면 폭행하고 모욕을 주었다.

처음엔 인내심을 가지고 그를 가르치려 했던 마법사들도 결국엔 모두 그를 외면하기에 이르렀다.

"좀 전에 쫓겨난 마법사도 많은 돈을 들여 간신히 초청한 분이었습니다만……."

스팩터는 답답한 듯 한숨을 쉬었다.

로쉬의 괴이한 성격에 그를 돌보던 호위무사들도 모두 떠나고 없었다.

이제 남은 사람은 스팩터, 그녀 한 사람뿐이었다.

소년은 이 11구역에서 그야말로 유배 아닌 유배 생활을 하게 된 셈이다.

스팩터의 긴 이야기가 끝났다.

람스는 진중히 앉아 생각에 골몰했다.

스팩터가 들려준 이야기 중, 그와 연관된 것들이 있었다.

오브.

그리고 오브 사용자.

그의 과거와 관련된 큰 비밀이라고 생각했던 요소들.

놀랍게도 이곳의 마법사들은 그에 대해 알고 있다고 했다.

'잘하면 스승님의 오브와 관련된 비밀도 밝힐 수 있을지도 모르겠군.'

더불어 그의 능력의 근원에 대한 것도 알게 될지 모른다.

만약 그 비밀을 알게 된다면 이번 여행은 생각지도 못한 큰 소득을 얻게 되는 것이다.

*   *   *

'과연 비늘들이 사라졌군.'

기절한 로쉬의 몸을 살핀 람스가 고개를 끄덕였다.

소년의 몸 어디에도 비늘의 흔적은 보이지 않았다.

그렇다면 본래 그의 배와 등을 뒤덮은 비늘들은 어디로 간 것일까.

람스는 그 흔적을 어렵지 않게 찾을 수 있었다.

브로큰하트가 열심히 작업을 하던 그곳.

부서진 비늘들이 널려 있었다.

브로큰하트의 따끈따끈한 교화 작업에 모조리 부서져 가루가 된 것이다. 비늘이 모두 부서지자, 비로소 그 내부에 있던 소년의 뽀얀 피부가 겉으로 드러났다.

이것은 참으로 공교로운 일이었다.

소년의 비늘은 어지간한 갑옷보다 단단하여 웬만한 힘으로는 부서지지 않았다. 비늘을 없애려면 그야말로 죽일 각오로 두드려야 했는데, 그런 일을 시도하기엔 소년의 배경이 너무도 엄청났다.

늪 부족 술탄의 아들.

아무리 비늘을 없애기 위해서라고는 하지만, 그를 팼다간 무슨 일을 당할지 모를 일이었다.

누구도 소년의 몸에서 비늘을 제거할 수가 없었다.

반면 람스와 브로큰하트는 달랐다.

람스는 애초에 권력에 구애받지 않는 사람이었다.

브로큰하트 역시 중요한 곳을 가격당한 고통으로 반쯤 눈이 돌아가 있는 상태였다.

그런 이유로 일국의 왕자가 부럽지 않은 배경을 지닌 로쉬를 그야말로 죽도록 패는데 아무 거리낌이 없었다.

덕분에 로쉬의 몸을 잠식해 가던 비늘을 모조리 제거할 수 있게 되었다.

자고 있는 어부의 그물에 물고기가 걸려든다는 말처럼, 의도하지는 않았지만 소년의 병을 고친 셈이 된 것이다.

"호, 혹시 재발하지는 않을까요?"

스팩터가 근심어린 표정으로 물었다.

"그럴 일은 없을 겁니다."

람스가 말했다.

진찰 결과 로쉬의 몸속에 숨어 있던 화염의 기세가 상당히 누그러졌다.

람스가 흡수했기 때문이다.

로쉬의 몸속에 남은 화염은 본래의 10분의 1에도 못 미치는 정도다. 이 정도의 화염이라면 지금의 로쉬라도 충분히 조율할 수 있을 것이다.

"정말 감사합니다."

스팩터는 다시 한 번 고개를 숙이며 감사를 표했다.

다른 마법사들도 죄다 포기한 시점이라 이대로 영영 로쉬의 증상을 포기해야 하나 걱정하던 때다.

"아! 이럴게 아니라 이 기쁜 소식을 술탄님께 알려드려야겠습니다."

스팩터는 잠시만 기다려달라는 말과 함께 어딘가로 허둥지둥 사라졌다.

*　　*　　*

한 시간 가량이 흐른 후, 사라졌던 스팩터가 돌아왔다.

그녀는 혼자가 아니었다.

수십 명의 사람들과 함께였다.

그 중엔 로쉬의 아버지이자 늪 부족의 술탄인 두라하도 있었다.

그는 젖은 머리에 복장도 어수선했다.

씻다말고 허겁지겁 텔레포트 게이트를 타고 날아왔다고 한다. 아들에 대한 사랑이 얼마나 극진한지 알 수 있었다.

두라하는 혹여 잠을 깨울까 조심조심 아들의 몸을 살폈다.

"오오. 과연…… 과연……."

흉측한 비늘로 가득했던 배와 등이 말끔하게 고쳐졌다.

"하하하. 이야말로 알타신의 축복이로다."

그는 두 손을 모으고 알타를 찬양했다.

"아들을 치료한 은인들은 어디에 계신가?"

스팩터가 람스와 브로큰하트를 가리키며 대답했다.

"저기. 저분들이십니다."

"오호. 과연 남다른 기도를 가진 분들이로고."

람스에게 성큼 다가간 그가 덥석 손을 잡으며 감사의 말을 전했다.

"정말 고맙소. 그대는 나의 은인임과 동시에 우리 늪 부족의 은인이오. 대체 이 깊고도 넓은 은혜를 어떻게 갚아야 할지 모르겠구려."

두라하의 과분한 칭찬에도 람스는 담담히 웃고만 있었다.

그의 과묵한 모습이 두라하를 감명시켰다.

그동안 그는 마법사들의 옹졸한 모습에 적잖이 실망했다.

적탑의 많은 마법사들이 다들 아들을 고쳐주겠다며 호언장담했지만, 정작 아들을 고친 사람은 단 한 명도 없었다.

다들 말만 앞서는 위선자들이었다.

그런데 이 젊은 영웅은 아들을 치료하고도 교만하지 않았다. 이 얼마나 훌륭한 모습인가.

사실, 람스가 나서지 않은 것은 로쉬를 치료한 것이 우발적인 사건이었기 때문이었다. 그러나 자신을 낮추는 듯한 람스의 모습이 오히려 두라하의 마음을 흔들었다.

한편, 조마조마한 심정으로 술탄의 반응을 살피던 브로큰하트는 안도의 한숨을 쉬었다.

'정말 다행이군.'

그는 내심 로쉬를 폭행한 것을 후회하고 있었다.

다른 사람도 아닌 술탄의 아들이라지 않은가.

이미 사막 부족 술탄의 위세에 크게 놀란 그였다.

그런 사막 부족과 쌍벽을 이루는 부족이 바로 늪 부족이다.

그 위세 또한 사막 부족에 비해 부족함이 없을 것이다.

그런 술탄의 아들을 죽을 지경으로 밟아놨으니…….

욱 하는 마음에 일을 벌이긴 했지만, 평생 쫓기며 살아야 하나 고민이 깊었다. 그런데 일이 전혀 예상하지 않은 쪽으로 흐르고 만 것이다.

한편으론 묘했다.

그는 지금까지 수많은 일을 경험했지만, 오늘처럼 마음껏 사람을 패고 감사하다는 말을 듣기는 난생 처음이었다.
 '거참 신기한 사람일세.'
 람스.
 정말 알면 알수록 신기한 사람이었다.

                    *   *   *

"하하. 오늘 정말로 훌륭한 현자를 만나게 되었다. 내 어찌 이 날을 기념하지 않을쏘냐. 여봐라. 어서 잔치를 준비하도록 하여라."
 두라하가 껄껄 웃으며 외쳤다.
 아들의 회복에 꽤나 고무된 모습이었다.
 곧 11구역에 푸짐한 잔치가 벌어졌다.
 호기심을 느낀 마법사들이 11구역을 기웃거렸지만, 그 누구도 잔치에 참석할 수 없었다. 두라하가 다른 마법사들의 출입을 엄격하게 통제했기 때문이다.
 사막 부족의 잔치가 화려하고 다 같이 모여 떠들썩하게 노는 것이었다면, 늪 부족은 다소 정적인 면이 많았다.
 그들은 한 자리에 모여앉아 조용히 술잔을 기울이며 담소를 즐겼다. 비록 화려한 맛은 없었지만, 나름 편한 분위기라 람스와 브로큰하트도 부담 없이 그들과 시간을 함께했다.
 그렇게 분위기가 무르익어 갈 때였다.

람스에게 술을 따라주던 두라하가 우연히 그의 팔에 채워진 팔찌를 보게 되었다.

영롱한 빛을 머금은 은빛 팔찌.

두라하는 그 팔찌가 사막 부족의 것임을 금세 알아봤다.

"그대…… 사막 부족의 사람이었는가!"

두라하가 놀란 목소리로 외쳤다.

순간, 잔치의 분위기가 급격하게 냉각되었다.

사막 부족과 늪 부족 사이에 골이 깊다 하더니, 고작 팔찌 하나만으로도 분위기가 흉흉하게 변했다.

두라하의 호위들이 자리에서 반쯤 일어나 무기에 손을 얹었다. 언제라도 병기를 휘두를 수 있는 만반의 준비를 갖추었다.

"아닙니다. 주인님은 사막 부족의 부족민이 아닙니다."

과묵한 람스 대신 브로큰하트가 나섰다.

굳이 좋은 분위기를 망치고 싶지는 않았다.

그는 큰 덩치를 흔들어가며 열심히 저간의 사정을 설명했다. 우연히 람스가 이르민을 만나게 된 사연과 사막 부족의 술탄과 만난 이야기까지.

이야기를 모두들은 두라하는 주먹으로 탁자를 두드리며 흥분했다.

"뭣이? 우리가 사막 부족의 딸을 납치하려 했단 말이오? 발칙한 놈들이 감히 누구에게 죄를 뒤집어씌우려는 것인가!"

람스는 그의 반응이 이상하게 느껴졌다.

분명히 이르민을 납치하려고 했던 자들은 늪 부족의 전사들이었다. 실제로 그가 직접 두 눈으로 확인하지 않았던가. 그런데 두라하가 흥분하는 모양을 보니 무언가 이상했다.

"이르민의 일. 늪 부족과는 관련이 없다는 말씀입니까?"

"당연한 소리! 우리가 아무리 사막 부족과 사이가 좋지 않다고 해도 그런 일을 벌일 정도로 멍청하지는 않네. 압슬라의 딸을 납치해서 무슨 이득을 얻는단 말인가!"

스팩터가 호응하듯 말을 받았다.

"맞습니다. 늪 부족은 그렇게 약하지 않습니다. 원하는 것은 뭐든 저희의 힘으로 얻을 수 있습니다."

"당연한 말이다. 굳이 노린다면 압슬라의 목을 노리지, 굳이 딸을 납치하는 귀찮은 일을 감수할 이유가 있겠는가?"

스팩터를 비롯한 전사들이 일제히 한 목소리로 외쳤다.

"옳습니다. 술탄!"

그들의 단호한 말과 행동을 보니 거짓말을 하는 것 같지는 않았다.

람스의 표정이 무거워졌다.

지금까지 흉수를 늪 부족으로 생각하고 있었다.

그러나 돌아가는 모양새를 보니 일이 그렇게 간단한 것이 아님을 알 수 있었다. 비록 그와 직접적으로 관련은 없으나, 이르민이나 압슬라 술탄이 관계된 일이라 소홀히 생각할 수 없었다.

"전 이르민을 납치하려던 자들과 싸운 적이 있습니다. 그런데 그들의 복장이 저분들과 같았습니다."

람스는 두라하를 호위하는 전사들을 가리켰다.

반들거리는 민머리.

치부만을 간신히 가린 독특한 차림.

그리고 민머리와 어깨에 새겨진 늪 부족 특유의 문신.

"혹, 그들이 우리 늪 부족의 전사처럼 꾸민 것은 아니었소?"

"아닐 겁니다. 전 사람의 기척을 느낄 수 있는 방법을 알고 있는데, 그들은 이곳에 계신 전사님들과 비슷한 기운을 풍기고 있었습니다."

두라하의 표정이 심각해졌다.

지금까지 그는 람스가 사막 부족의 술탄이 지어낸 교묘한 거짓말에 속았다고 생각했다. 그런데 이야기를 듣다보니 단순한 거짓말 이상의 것이라는 생각이 짙게 들었다.

"흠. 아무래도 이 일엔 내가 알지 못하는 내막이 있는 것 같소."

두라하가 손을 까딱였다.

전사 중 하나가 조용히 그의 곁에 앉았다.

두라하가 전사의 귓가에 귓속말을 전했다.

유난히 귀가 밝은 람스는 두라하의 귓속말을 놓치지 않고 들었다. 진상을 확인하라는 명을 내리는 것이었다.

"알겠습니다."

명을 받은 전사는 고개를 조아린 후, 조용히 밖으로 나갔다.

그 모습을 지켜보던 두라하가 다시 손을 까딱였다.

또 다른 전사가 그의 곁으로 다가왔다.

이번에도 두라하는 그의 귓가에 귓속말을 전했다.

뭔가를 가져오라는 지시였다.

지시를 받은 전사가 사라지자, 비로소 두라하가 입을 열었다.

"제아무리 은밀한 비밀도 늪의 시선에서 자유로울 수 없소. 모르면 모를까 일단 알게 된 이상, 머잖아 그 일의 진상을 알게 될 것이오."

실제로 늪 부족의 정보력은 드넓은 대륙 내에서도 둘째가라면 서러워할 만큼 대단한 것이었다.

"이제 은인이 사막 부족의 사람이 아닌 것을 알게 되었소. 큰 은혜를 받았으니, 한 아이의 아비이자 늪 부족의 술탄으로서 마땅히 보상을 해야겠소."

두라하는 은혜를 갚겠다는 말을 하는 사람치곤 굉장히 강압적인 분위기를 풍겼다.

람스는 속으로 웃었다.

'보상을 받지 않으면 암살이라도 할 기세로군.'

사막 부족의 압슬라가 호탕하고 시원시원한 성격이라면, 늪 부족의 술탄인 두라하는 뒤끝을 남기지 않는 집요하고 철두철

미한 성격의 소유자였다.

두라하의 말이 이어졌다.

"내 아들을 어찌 사막 부족의 딸과 비교할 수 있겠소. 암, 비교할 수 없지. 그래서 그대에게 그에 합당한 보상을 내리도록 하겠소."

그의 말이 끝남과 동시에 밖이 소란스러워졌다.

많은 사람들이 오가는 소리가 들리고 묵직한 소음도 들렸다. 잠시 후, 밖으로 나갔던 전사가 돌아와 두라하에게 작은 상자를 넘겼다.

상자는 화려하기 이를 데 없었다.

그러나 겉의 화려한 장식은 상자 안에 담긴 내용물에 비하면 초라한 것에 불과했다.

"이걸 받으시오."

두라하가 람스에게 상자를 내밀었다.

상자 안에는 옥색의 팔찌 하나가 들어 있었다.

은은한 자태와 빼어난 아름다움을 지닌 팔찌는 압슬라에게 받은 것과 우열을 가릴 수 없을 정도였다.

한눈에도 범상치 않은 보물임을 직감할 수 있었다.

"우리 늪 부족의 신분을 나타내는 물건이오."

두라하가 사뭇 오만한 표정으로 말했다.

그는 대놓고 압슬라와 경쟁하고 있었다.

딸을 구해 준 람스에게 압슬라가 어마어마한 보상을 했다고 한다. 유난히 호승심이 강한 두라하가 그것을 듣고 그냥 넘길 리 없었다.

두라하는 압슬라의 팔찌에 버금가는 보물을 람스에게 내밀었다.

"부담스럽군요. 전 이런 귀한 물건을 받을 만한 일을 하지 않았습니다."

람스는 정중하게 사양했다.

사람의 관계란 받으면 받은 만큼 신경을 써야 하는 법.

큰 보물을 받으면 그만큼 근심이 늘기 마련이다.

람스가 보석함을 돌려주자 두라하의 눈빛이 서늘해졌다

"내가 설마 내 아들을 구해 준 은인에게 이 정도 선물도 못 할 위인으로 보이시오?"

"……"

"우리 늪 부족은 한 번 준 선물을 다시 돌려받는 것을 모욕으로 생각하오. 당신이 그 선물을 지금 내게 돌려주면 난 심한 모욕을 당한 셈이 되는 것이오."

상대가 이렇게까지 나오자 람스도 더 이상 사양할 수가 없었다.

그는 묵묵히 고개를 끄덕이며 팔찌를 손목에 걸었다.

람스의 오른팔엔 사막 부족의 은빛 팔찌가, 그리고 왼팔엔 늪 부족의 옥빛 팔찌가 걸렸다.

두 팔찌는 서로 다른 분위기를 풍기면서도 묘하게 어울렸다. 한참을 보다 보니 마치 처음부터 짝을 맞춰 만든 물건처럼 두 팔찌의 어울림이 절묘했다.

"훌륭한 보물이군요."

어지간한 상황에도 놀라는 법이 없었던 람스였다.

그러나 이번만큼은 저도 모르게 탄성을 흘렸다.

"그 정도로 만족해서는 곤란하오."

두라하가 신호를 하자 돌연 문이 열렸다.

문 밖엔 수십 명의 지게꾼들이 있었다.

그들이 짊어진 지게 위엔 금화와 값비싼 보석들이 가득 쌓여 있었다.

그 엄청난 양과 화려한 빛깔에 브로큰하트의 입이 쩍하고 벌어졌다.

'세상에 무슨 금화가……'

압슬라의 선물도 대단했지만, 두라하의 선물은 오히려 그보다 더했다.

'이 사람의 호승심은 정말 대단하군.'

람스는 속으로 웃음을 금치 못했다.

압슬라가 호탕하고 과감한 씀씀이로 사람을 놀래게 만들더니, 두라하 또한 그에 못지않았다.

아니, 오히려 압슬라를 넘어서려고 작정한 듯 보였다.

"어떻소? 내 선물이."

두라하가 귀를 열며 물었다.

람스가 부드럽게 웃으며 대답했다.
"술탄님의 호방함은 단연코 세계 최고일 것입니다."
람스의 말에 두라하는 무릎을 치며 즐거워했다.

　　　　　　　＊　　　＊　　　＊

"정말 대단하십니다."
두라하와 그의 수하들이 물러가자 브로큰하트는 람스를 향해 엄지를 들어 보이며 말했다.
"무슨 말인가?"
"전 지금까지 많은 일을 겪어보았지만, 주인님처럼 신비로운 분은 처음 봅니다."
"점점 모를 소리를 하는군."
"왜 아니겠습니다. 사람을 패고 보복을 당하기는커녕, 오히려 은인 대접을 받고 더불어 산더미 같은 금화까지 받지 않았습니까? 아마 이런 말을 다른 사람에게 하면 절대로 믿지 않을 것입니다."
"이번 일은 어쩌다 운 좋게 풀린 걸세. 항상 그런 것은 아니야."
"그런 우연도 자꾸 겹치면 실력이지요."
"허허."
"그나저나 또 엄청난 금화가 생겼군요. 이걸 또 마차에 끌고 다닐 생각을 하니 벌써부터 골치가 지끈거리는군요."

"굳이 마차에 싣고 다닐 필요가 있겠는가? 말도 힘들어 할 테니 이곳에서 곧바로 보내 버리는 것이 좋을 것 같은데."

람스는 헬 게이트를 열고 약간의 금화를 제외한 모든 보물을 모조리 그 안으로 밀어 넣었다.

그 모습을 본 브로큰하트가 두 눈을 휘둥그레 떴다.

"그, 그거. 방금 그건······."

그는 혹시 자신이 잘못 본 것은 아닌가 싶어 두 눈을 비볐다. 그러나 쩍 하고 벌어진 공간의 균열은 꿈이 아닌 현실이었다.

"헉! 진짜잖아? 정말 공간이 갈라진 거잖아?"

그 또한 세상물정 모르는 촌무지렁이는 아니다.

람스가 연 헬 게이트가 어떤 것인지는 알고 있었다.

브로큰하트는 경악한 표정으로 람스에게 외쳤다.

"주, 주인님. 대체 정체가 뭡니까?"

람스가 홀연히 웃으며 대꾸했다.

"헬리오스 마탑의 탑주일세."

*   *   *

헬리오스 마탑의 제자들인 오드만과 리자크는 요 근래 인생에서 최고의 나날을 보내고 있었다.

하루하루가 즐겁고 행복했다.

모두 람스가 보낸 금화 덕분이었다.

산더미처럼 쌓인 금화.

생각만으로도 행복한 일이 아닌가.

오드만은 평생을 연구실 하나 없는 가난한 마법사로 살았고, 리자크는 일찍 부모를 여의고 어린 동생들과 함께 힘든 유년 시절을 보냈다.

당연히 돈에 대한 애착이 남달랐다.

하지만 고생도 여기까지다.

산더미처럼 쌓인 금화가 있지 않은가.

이제 돈 걱정은 할 필요 없다. 남은 것은 산더미와 같은 돈을 어떻게 쓸 것인가 고민하는 것뿐이다.

'흐흐흐. 이 많은 금화로 무얼 할까. 그래, 역시 실험재료들을 사야겠지? 귀하고 신기한 재료들을 잔뜩 사 모으는 거야. 이참에 아예 실험실을 하나 새로 짓는 것도 좋겠어.'

'옷부터 사야 해. 그동안 우린 너무 궁핍하게 살았어. 아무렴. 저 많은 돈이 있는데 굳이 이렇게 허름한 옷을 입고 있을 필요가 없잖아? 값비싼 옷감으로 로브도 만들고 지팡이와 망토도 새로 구입해야지. 그래, 하는 김에 아예 멋진 마탑을 새로 짓는 것도 좋을 거야.'

금화로 할 수 있는 이런 저런 일들을 떠올리니 마족들의 훈련도 힘든 줄을 모를 지경이었다.

그렇게 힘든 하루를 마치고 두 사람은 나는 듯이 마탑으로 향했다. 마음속으로 계획했던 일들을 하나씩 실현해 나갈 생각에 벌써부터 행복했다.

그렇게 수련장인 계곡을 떠나 허름한 마탑에 거의 이르렀을 때였다.

돌연 '쩌거걱' 하는 소음이 들리며 마탑이 우르르 흔들렸다.

"이 소리는……."

"설마……."

이 찢어지는 소음과 진동.

람스가 헬 게이트를 불러낼 때 일어나는 현상이다.

'대체 무슨 일이…….'

그들은 고개를 갸웃거리며 마탑의 문을 열었다.

그곳엔 누런 황금빛 세상이 펼쳐져 있었다.

"세, 세상에."

"또, 또야?"

마탑 안을 가득 메운 금은보화의 물결에 두 사람은 벌린 입을 다물지 못했다.

전에 온 것도 많았지만, 이번엔 그보다도 훨씬 많았다.

압슬라에게 질 수 없다고 생각한 두라하가 무리를 감수하며 금화를 베푼 것이다.

"아무리 돈이 좋다지만……."

"이건…… 많아도 너무 많잖아."

엄청난 보물의 양에 두 사람은 기가 질렸다.

"이거 스승님께서 보내신 거겠지?"

"헬 게이트가 열렸잖아요. 스승님께서 보내신 게 분명해요."

"대체 그분은 어떻게 이 많은 금화를 구한 거야?"

"어디 대단한 일자리라도 잡은 게 아닐까요?"

"아무리 대단한 일이라고 해도 이 많은 금화를 이렇게 빨리 구할 수 있을까?"

"그러게요. 보통 방법으로는 절대로 구할 수 없는 양이긴 하네요. 왕실이라도 털지 않는 한 절대로 구할 수 없는 액수긴 하죠."

"왕실을 털어? 설마."

설마 스승님이 그럴 리 없다고 생각했다.

그러나 마음 한편에선 그럴지도 모른다는 의심이 불쑥 고개를 들었다.

평소 잔잔한 강처럼 차분한 람스였지만, 그의 실체는 저쪽 세상을 공포로 떨게 만들었던 파멸.

행여 화라도 났다간 무슨 일을 저지를지 모른다.

"정말 왕실을 턴 거라면 이 돈…… 함부로 쓰면 안 되겠지요?"

리자크의 말에 오드만은 어색한 표정으로 고개를 끄덕였다.

"그러게. 잘못해서 추적이라도 당하게 되면 골치 아파질 게야."

어느새 그들은 이 황금이 왕실을 털어서 구한 것이라 철썩같이 믿게 되었다.

그 외엔 이 많은 재물을 설명할 방법이 없었다.

"그럼 어쩌죠?"

"어쩔 수 없지. 당분간은 남의 눈에 안 띄게 숨겨둘 수밖에."

그들은 한숨을 포옥 내쉬었다.

금화가 산처럼 쌓여 있는데도 쓸 수 없는 입장이라니.

이거야 차라리 궁핍하게 사는 것보다 못하지 않은가.

"어쩌면 말이다. 이것 또한 스승님의 시험이 아닐까?"

"무슨 말이에요?"

"그 왜 있잖아. 높은 경지에 이르려면 먼저 마음을 비워야 한다는 식으로 현자나 성인들이 으레 하는 말."

"재물에 눈이 먼 자는 결코 높은 경지에 이를 수 없다. 뭐 이런 소리요?"

"그렇지. 혹시 스승님도 그런 의미로 이런 엉뚱한 일을 계획하신 건 아닌가 하는 생각이 드는 구나."

"그러니까 재물 앞에서 우리가 어떻게 행동하는지 시험하고 있다는 말이군요."

"그래. 만약 우리가 무턱대고 돈을 써 버리면 어떻게 되겠니? 왕실의 추적을 받겠지?"

"그럼요. 당연히 추적해 오겠죠."
"우린 목숨을 걸고 싸워야 할 테고."
"스승님께서 탑을 지키고 있으라고 했잖아요. 도망도 못 가죠."
"개미떼처럼 몰려오는 병사들을 상대하느라 우린 잠도 못 잘게다."
"장로님들께서 무척 좋아하시겠네요."
"그럼. 그분들이야 우리의 고생을 자신들의 낙으로 생각하는 분들이니까 당연히 좋아할 테지."
"응원한답시고 일을 더 크게 만들 가능성이 농후해요."
"음모의 냄새가 진하게 나는걸."
"그렇게요. 아무래도 뭔가 음모가 있는 것 같네요. 그러고 보니 사형. 장로님들께서 슬슬 수련의 단계를 올려야겠다고 말하는 걸 들은 기억이 있어요."
"확실하군. 이 보물이야말로 우리를 시험하는 것임과 동시에 새로운 수련으로 진입시키기 위한 미끼였던 거야."
"제 생각도 그래요."
두 사람은 서로 마주보며 고개를 끄덕였다.
한편으론 안도의 한숨을 쉬었다.
자칫했으면 스승의 함정에 감쪽같이 걸려들 뻔했다.
"이럴 게 아니라 아예 저 몹쓸 물건들을 숨겨놓자."
"그게 좋겠습니다."

두 사람은 보물들을 모조리 땅에 파묻어 버렸다.

파묻은 흔적까지 완전히 없앤 후에야 비로소 두 사람은 안도의 한숨을 쉬었다.

한 차례 노동을 해서인지 아니면 저녁때가 되서 그런 건지 요망한 배가 시간을 알려왔다.

꼬르륵.

오드만과 리자크의 표정이 참혹하게 일그러졌다.

금은보화가 아무리 쌓여 있으면 뭐하겠는가. 정작 쓸 수 없는 돈이거늘.

배가 고파도 그 흔한 스프 한 그릇 살 수 없었다.

땅속에 묻힌 금화를 생각하니 괜스레 속이 쓰렸다.

오히려 돈이 없을 때보다도 더 견디기 힘들었다.

"사형. 사냥이라도 할까요?"

"그래. 그게 좋겠구나."

사냥 준비를 한 두 사람은 터덜터덜 마탑을 나섰다.

그렇게 엉뚱한 두 사람은 사서 고생을 하고 있었다.

* * *

한편, 람스를 찾아 마탑을 떠난 주주는…….

"저, 여기가 리하라드인가요?"

"리하라드? 그런 도시도 있는 감?"

"그럼. 여기는 어디죠?"
"어디긴 어디야. 아이언 왕국이지."
"히잉."
전혀 엉뚱한 곳을 헤매고 있었다.

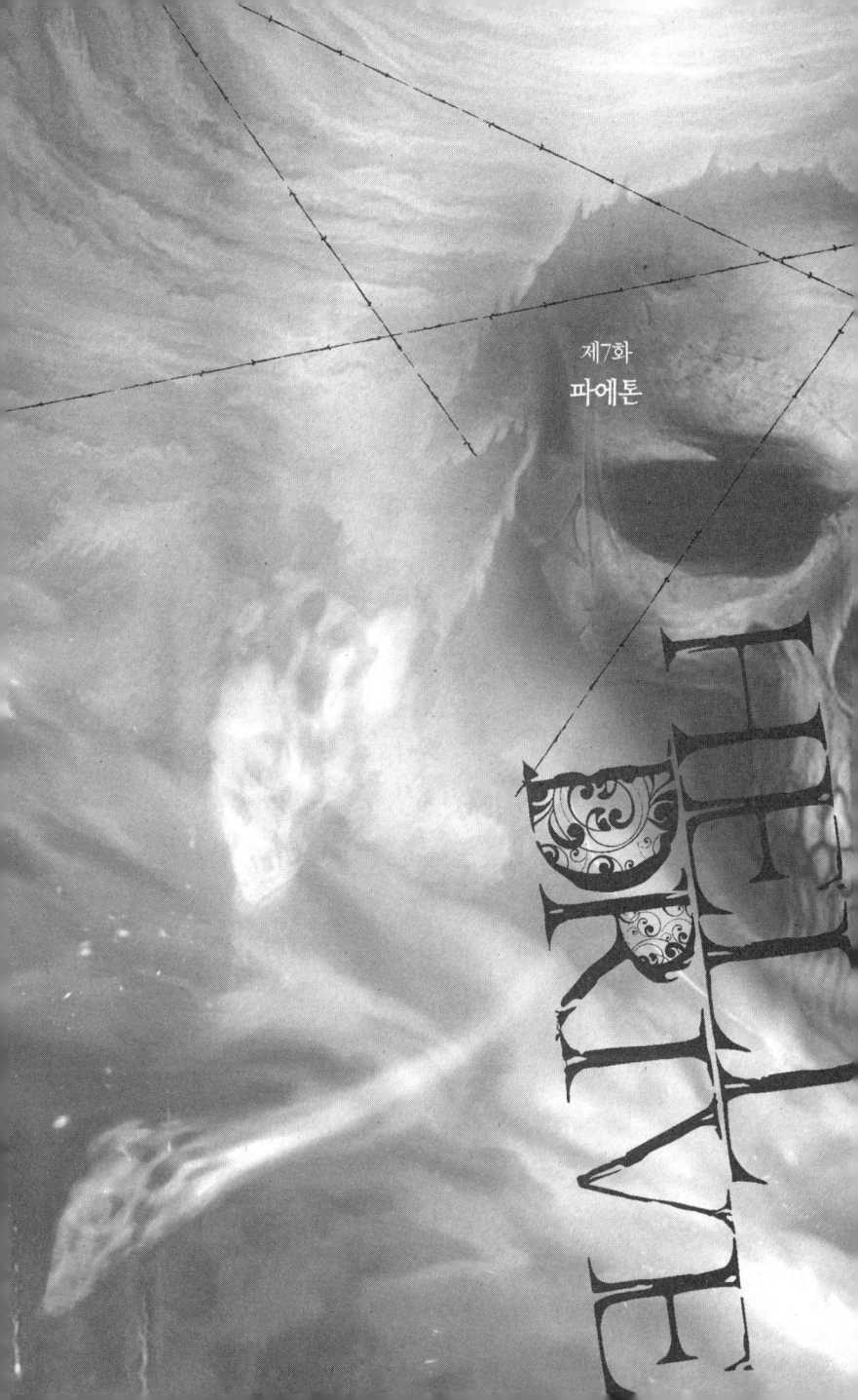

"또 실패했다고?"
아이볼의 음침한 목소리가 어둠을 흔들었다.
베인의 고개가 더욱 숙여졌다.
그는 지금 헬리오스 마탑의 일을 보고하던 중이었다.
"이번에도 돌아온 녀석이 없는가?"
"네. 한 명도……."
"허."
아이볼은 어처구니가 없었는지 짧게 헛웃음을 지었다.
"산골 구석의 작은 마탑에 그런 저력이 있었던가?"
헬리오스 마탑을 제거하기 위해 병력을 보낸 것이 벌써 세

번째. 그 많은 병력을 보내고도 그 작은 마탑을 쓸어버리지 못했다.

지금까지 그가 파견한 병력이면 어지간히 큰 마탑들도 충분히 도모할 수 있었을 정도다.

그런데 실패.

심지어 돌아와 보고하는 녀석조차 없다.

그가 추진한 일 중 실패한 일이 전혀 없었던 것은 아니지만, 이번처럼 번번이 당하는 경우는 처음이다.

"내가 헬리오스 마탑을 너무 가볍게 생각했던 모양이군."

아이볼의 눈빛이 차갑게 가라앉았다.

예감이 불길했다.

헬리오스 마탑과 관련된 자들이 나타나면서 그가 추진하던 일들이 조금씩 꼬이는 기분이다.

"제가 직접 가겠습니다."

베인이 말했다.

아이볼은 고개를 저었다.

"아니다. 넌 달리 할 일이 있어. 지금은 그런 곳에 신경 쓸 여력이 없다."

"그렇다면……."

"흠. 아무래도 헬리오스 마탑이라는 곳이 마음에 걸린다. 여태 존재 자체도 모르던 자들이 갑자기 눈에 띄는 것도 그렇고……. 어쩌면 배후에 다른 조직이 있는 것인지도 모른다."

"놈들에게 배후가 있단 말입니까?"

"백탑이나 회탑. 어쩌면 소울러 놈들이 뒤를 봐주고 있는 것인지도 모르지."

소울러를 언급할 때, 아주 잠깐 아이볼의 목소리가 그르렁거렸다.

베인 역시 살기를 드러냈다.

그들이 일을 도모하면서 가장 많이 부딪힌 존재들이 바로 소울러라는 놈들이다.

"어쩌면 우리의 꼬리를 잡기 위해 소울러놈들이 파놓은 함정인지도 모르지. 당분간 헬리오스 마탑의 일은 미뤄둔다. 지금은 다른 일이 더 급하니까 말이야."

"알겠습니다."

"그나저나 그 일은 어떻게 되었지?"

"계획…… 말씀이십니까? 물론, 예정대로 진행 중입니다."

내내 딱딱하게 굳어 있던 아이볼의 표정이 조금 누그러졌다.

"적진 한가운데에서 벌여야 하는 작업이니만큼 준비에 만전을 기해야 할 것이다."

"명심하겠습니다."

베일이 고개를 깊게 숙였다.

그의 등을 내려다보며 아이볼이 스산한 미소를 머금었다.

"흐흐. 일이 끝난 후 일그러질 마법사 녀석들의 얼굴이 기대되는군. 흐흐흐흐흐."

　　　　　　　＊　　　＊　　　＊

 정오 무렵, 중년의 마법사 한 명이 11구역을 찾아왔다.
 그는 람스를 안내했던 염소수염이었다.
 종종걸음으로 건물 내로 들어선 그는 겉과 달리 화려한 내부의 모습에 연신 감탄을 흘렸다.
 '으리으리하군.'
 실내의 장식과 소품들의 질로 따지자면 가히 황제가 부럽지 않을 정도다. 한 가지 문제만 빼면 적탑 내에서도 최고의 휴식 공간이라 해도 과언이 아니었다.
 11구역의 유일한 오점이라고 할 수 있는 그것이 막 실내로 들어서는 염소수염의 앞을 막아섰다.
 "이봐. 넌 뭐야?"
 유난히 키가 작은 꼬마였다.
 로쉬.
 11구역에서 유배 아닌 유배 생활을 하고 있는 늪 부족 술탄의 외아들.
 그가 염소수염을 고까운 눈으로 노려보고 있었다.
 그 얄미운 표정에 염소수염은 속으로 한숨을 쉬었다.
 이 꼬맹이만 없었어도 11구역은 나름 지낼 만한 곳인데 말이다. 하긴, 이 작은 악마가 없었다면 빈민촌과 같았던 11구역이 이처럼 화려하게 변할 이유도 없었을 것이다.

"무슨 일이냐니깐?"

소년이 짜증난 목소리로 다시 물었다.

염소수염이 헛기침을 하며 입을 열었다.

"이곳에 헬리오스 마탑의 탑주님이 계십니까? 전 그분께 볼 일이 있어서 왔습니다."

말은 그렇게 했지만 염소수염은 별 기대하지 않았다.

그가 람스를 이곳으로 안내한 게 벌써 일주일 전의 일이다.

작은 악마의 등쌀에 못 이겨 아마 하루도 견디지 못하고 달아났겠지.

염소수염은 람스가 이곳에 없을 거라고 확신했다.

이 작은 악마의 전적은 화려했다.

그동안 작은 악마를 교육시키겠다며 찾아왔던 마법사들이 얼마나 많았던가. 그 중엔 현자라는 칭호를 듣는 사람도 있었다. 하지만 그 누구도 소년을 견뎌내지 못했다.

가장 오래 버틴 기록이 6일.

현자라는 칭호를 듣는 사람들조차 그 정도였다.

당연히 람스는 하루나 이틀 정도가 한계였을 것이다.

람스가 이 작은 악마에게 고초를 당했을 거라 생각하니, 양심상 조금 미안한 마음이 들기도 했다.

그때였다.

염소수염의 귓가에 전혀 뜻밖의 소리가 들려왔다.

버르장머리 없고 사악한 작은 악마가 안쪽을 향해 고개를 돌리며 이렇게 외친 것이다.

"스승님. 스승님을 찾아온 사람이 있는데요?"

염소수염의 입이 떡 벌어졌음은 물론이다.

'설마, 아직 안 떠났어?'

그보다 더 놀라운 것은 작은 악마가 그를 지칭한 말이다.

'스, 스승님?'

어안이 벙벙했다.

'스승이라고? 설마 헬리오스 마탑주가 이 작은 악마를 길들이기라도 했단 말인가?'

작은 악마는 알타 왕국을 양분하고 있는 늪 부족 술탄의 하나뿐인 아들이었다. 게다가 그는 오브 사용자이기도 했다.

마법사로서 이보다 훌륭한 조건의 제자는 구할 수 없을 것이다. 이 작은 악마만 어떻게 잘 구슬려서 제자로 들이면, 든든한 배경과 뛰어난 후계자를 동시에 구하게 되는 셈이 아닌가.

그런 이유로 수많은 마법사들이 11구역의 문을 두드렸다.

그들 모두가 무슨 일이 있어도 작은 악마를 제자로 삼겠노라 장담했지만, 정작 성공한 사람은 단 한 명도 없었다.

그런데 오늘, 전혀 생각지도 못하게 작은 악마가 스승이라고 부르는 소리를 듣게 된 것이다.

염소수염이 놀라는 것도 어찌 보면 당연한 일이었다.
"누가 왔다고?"
나직한 음성과 함께 말끔한 복장의 청년이 나타났다.
람스였다.
로쉬가 잘 길들여진 강아지처럼 람스의 팔에 매달렸다.
"네. 스승님."
람스가 그를 향해 조금 엄한 목소리로 말했다.
"스승님이라고 부르지 말라고 했지 않느냐. 난 아직 널 제자로 받아들이지 않았다."
"아이참. 스승님께서도. 절 치료해 주셨으니 책임을 지셔야죠."
"허. 이거 참."
막무가내로 들러붙는 로쉬의 행동에 람스는 나직한 한숨을 쉬었다.
브로큰하트에게 교화를 받고 기절한 로쉬는 무려 3일이 지난 후에야 간신히 눈을 떴다.
정신을 차린 로쉬는 놀랍게도 과거를 기억하지 못했다.
정확하게는 오브와 접촉한 이후의 기억이 말끔히 사라졌다.
그런데 신기하게도 람스에 대한 기억만은 선명하게 남아 있었다.
그에 대한 공포만이 칼날처럼 선명하게 로쉬의 뇌리에 새겨져 있었다.

정작 그를 때린 브로큰하트에 대한 기억은 사라지고 없는데, 곁에서 지켜본 람스는 기억하고 있으니 신기한 일이 아닐 수 없었다.

정신을 차린 로쉬는 처음 한동안은 람스의 주위를 배회했다. 무언가를 노리는 듯, 람스가 잠이 들기라도 하면 살금살금 접근을 시도했다.

그러나 정작 람스가 작은 관심이라도 보인다 싶으면 흠칫 놀라 도망가기 일쑤였다.

그렇게 3일째 되는 날, 그러니까 바로 어제였다.

로쉬가 새벽 일찍 람스를 찾아와 대뜸 무릎을 꿇었다.

"졌습니다. 저를 제자로 받아주십시오."

이유인즉 이랬다.

늪 부족의 전사에게는 고대부터 전해 내려오는 한 가지 관습이 있었다.

누군가에게 공포를 느끼고 그를 넘어설 수 없으면, 스승으로 모셔야 한다는 것이 바로 그것이었다.

로쉬는 요 며칠간 람스의 주위를 돌며 그를 습격할 빈틈을 노리고 있었다. 그러나 람스에게서 뿜어져 나오는 보이지 않는 기운이 자꾸만 그를 주눅 들게 했다.

본능적인 공포가 로쉬를 엄습했다.

뛰어넘으려 했다.

이겨내려 안간힘을 썼다.

그러나 아무리 노력해도 람스를 넘어설 수 없음을 깨달았다. 급기야 로쉬는 람스의 앞에 무릎을 꿇고 제자로 받아 달라 간청하기에 이르렀다.

"스승님. 그만 포기하세요. 저희 늪 부족의 전사는 한 번 마음을 먹으면 절대로 포기하지 않습니다. 이대로 10년이고 20년이고 제자로 받아주실 때까지 매미처럼 찰싹 달라붙어 있을 겁니다."

로쉬는 람스의 팔에 착 달라붙은 채 갖은 아양을 떨었다.

'저 악마가 애교를?'

염소수염은 자신의 두 눈을 믿을 수 없었다.

그는 이 작은 악마가 누군가에게 이처럼 살갑게 대하는 것을 단 한 번도 본 적이 없었다.

어린아이다운 애교대신, 온몸에 불을 일으키며 미친 망아지처럼 날뛰는 일이 다반사였다.

'이, 이제 보니 이 사람이 정말 큰일을 해냈구나.'

설마 그 사나운 로쉬를 길들였을 줄이야.

람스에 대한 염수수염의 평가가 달라졌다.

시골에서 막 상경한 볼품없는 젊은이에서, 그래도 조금은 능력 있는 젊은이로 승격되었다.

"그런데 무슨 볼일이오?"

람스가 용무를 잊은 채 멍하니 넋을 잃고 있는 염소수염을 향해 물었다.

"아! 전할 소식이 있어 이렇게 찾아왔습니다."
"……."
"내일 오전 10시에 마탑 회의가 열릴 예정입니다. 탑주님께서도 꼭 참석해 주시어 자리를 빛내 주시기 바랍니다."

람스는 고개를 끄덕였다.

"그렇게 하겠소."

어차피 탑주 회의에 참석하기 위해 이 먼 길을 온 것이 아닌가. 마침 물어볼 일도 있는 터라 부르지 않아도 참석할 참이었다.

염소수염은 그 길로 11구역을 떠났다.

람스는 다시 서재로 돌아가 읽다만 책을 들고 독서에 열중했다.

"무슨 책을 그렇게 보세요?"

로쉬가 람스의 등에 매달리며 물었다.

"오브에 관한 책이다."

"오브요?"

로쉬는 오브라는 말에 미간을 찌푸렸다.

"그건 왜요?"

투덜거리는 말투를 보니 어지간히 오브가 싫은 모양이다.

하긴, 그것 때문에 기억까지 잃게 되었으니 싫은 것이 당연했다.

"조사할 게 있단다."

람스의 주위엔 많은 책들이 쌓여 있었다. 이곳 적탑의 도서관을 모두 뒤져서 찾아낸 오브 관련 책들이었다.

탑주의 자격으로 적탑을 찾은 람스는 일반 마법사가 접근하기 힘든 서적에도 손쉽게 접근할 수 있었다.

그러나 그렇게 애써 찾아낸 책들로부터 얻은 지식은 그리 많지 않았다.

오브.

이것은 기억과 능력을 저장할 수 있는 특별한 구슬이다.

무언가를 저장한다는 의미에서 보자면 마정석이나 마나석과 비슷한 역할을 했다. 하지만 기억이나 능력과 같은 정신적인 내용을 저장할 수 있기 때문에 오히려 마나석보다도 훨씬 비싼 가치를 가지는 물건이다.

이처럼 비싼 이유는 아직 오브를 생산할 수 없기 때문이다.

지금 세상에 유통되고 있는 오브들은 모두 마도시대의 유산이거나 용들의 시대에 제작되었던 골동품들이다.

오브의 쓰임이 밝혀진 것도 불과 30년 전의 일이다.

30년 전, 대륙을 혼란에 빠트린 마법사가 있었다.

그는 원인 모를 이유로 부활한 마도시대의 마법사였다.

다행히 초대 소울러인 리드가 그를 제거했다.

그 과정에서 마법사의 일기장이 발견되었고, 그 일기장의 말미에 오브에 대한 기록이 남아 있었다.

일기장에 담긴 내용이 공개되기 전까지 오브는 그저 진귀한 장식품으로 취급되었었다. 하지만 이 사건을 계기로 마법사들의 시각이 달라졌다.

기억과 능력을 직접 전달할 수 있다니.

수정구슬 따위와는 비교도 안 되는 보물이 아닌가.

하지만 오랜 연구에도 불구하고 오브에 대해 밝혀진 사실은 그리 많지 않았다.

기껏해야 특정인에게만 반응한다는 정도.

반응의 조건과 요인에 대해서도 밝혀진 것이 전무했다.

람스가 책을 통해 알아낸 정보는 여기까지였다.

'오브에 대해 알려면 다른 마법사들과 접촉을 해봐야겠군.'

마침 탑주 회의가 열린다.

마법사들의 정점이라고 할 수 있는 탑주들과 만날 수 있는 절호의 기회다.

그러나 과연 그들이 순순히 가르쳐 줄지는 의문이다.

람스는 조용히 책을 덮으며 탑주 회의에서 생길 일들을 고대했다.

* * *

다음날 아침.

적당한 시간이 되자 람스는 11구역을 떠났다.

로쉬가 따라오겠다며 응석을 부렸지만, 람스는 단호한 말로 그를 떼어놓았다.

탑주들이 모이는 은밀한 회의다.

로쉬와 같은 소년은 물론이고 다른 제자를 데려가는 것도 조심스러울 수밖에 없었다.

그러나 막상 현장에 도착해 보니 그가 생각한 것과 달리 회의장 주변은 몰려든 사람들로 인산인해를 이루고 있었다. 탑주들 대부분이 제자와 장로들을 대동하고 있었기 때문이다.

다행히 회의장 안은 오직 탑주만이 출입할 수 있었다.

탑주를 따라온 장로들과 젊은 제자들은 회의장 밖에서 만남의 장을 펼쳤다.

마탑들은 굉장히 폐쇄적인 조직이라 서로간의 왕래가 극히 드물었다. 탑주 회의는 다른 탑과의 관계를 개선하고 서로를 비교하는데 좋은 구실이 되었다.

'제자들을 데려왔으면 좋을 뻔했군.'

오드만과 리자크를 데려왔다면 물 만난 고기처럼 사람들 사이를 누볐을 것이다.

그 생각을 하니 절로 입가에 미소가 그려졌다.

람스는 느긋하게 걸음을 옮겨 회의장으로 진입했다.

회의장 입구를 지키고 있던 마법사가 그를 제지했다.

"죄송합니다. 여긴 탑주님들만 출입할 수 있습니다."

람스가 부드러운 목소리로 말했다.

"난 헬리오스 마탑의 탑주일세."

"네?"

람스의 말에 마법사는 적잖이 당황한 표정을 지었다.

그는 다시 한 번 람스를 살폈다.

그러곤 고개를 갸웃거렸다.

탑주라고?

믿기지 않았다.

지금까지 이곳으로 들어간 탑주들은 대부분 백발의 노인들이었다. 개중에 조금 젊은 사람도 있었지만, 그들조차도 모두 50대의 중년이었다.

그에 반해 람스는 이제 고작 20대 초반의 젊은이가 아닌가.

경비 마법사는 람스가 장난을 치는 것이라 생각했다.

"장난을 치시면 곤란합니다."

그의 목소리는 꽤나 우렁차서 많은 사람들이 들을 수 있었다. 근처에 있던 사람들 몇이 람스를 보고 웃었다.

"허허. 아무래도 회의장 내부가 궁금했던 모양이군."

"행사 때마다 저런 사람이 한 명씩은 꼭 있지요."

무료하던 그들에게 람스는 좋은 이야깃거리였다.

람스는 화를 내지 않았다. 대신 품에서 초청장을 꺼내보였다.

초청장을 받아 펼친 경비 마법사는 크게 놀랐다.

람스가 건넨 초청장은 진품이었다.

"정말이셨습니까?"

"물론이지요."

그의 태연한 대꾸에 경비 마법사는 물론이고, 그를 놀리던 주위의 마법사들 또한 놀람을 감추지 못했다.

"저렇게 젊은 사람이……."

"어떻게 탑주가."

다들 믿지 못하겠다는 표정이 역력했다.

개중에 용케 람스에 대해 알고 있는 자가 있었다.

"아무래도 저 사람이 바로 헬리오스 마탑의 탑주인 모양이군."

"헬리오스 마탑?"

"그 메딘 산맥에 있다는 쓰러져가는 마탑 말인가?"

"아! 누군지 알겠네. 미치광이 헬리오스. 그가 마탑을 선언했을 때 스승님께서 한바탕 시원하게 웃으시던 모습이 기억나는군."

"하하. 누군가 했더니 미치광이 헬리오스가 세운 마탑의 후계자였군."

"하하하하하. 미치광이 헬리오스라."

다들 헬리오스 마탑은 몰라도 미치광이 헬리오스에 대해서는 알고 있는 눈치였다.

몇몇은 람스를 불쌍하고 측은한 시선으로 바라보기도 했다.

그러나 대부분 저희들끼리 쑥덕대며 웃는 꼴이 람스와 헬리오스 마탑을 우습게 여기는 것이 분명했다.

'과연 스승님께선 특이한 분이셨군.'

분위기를 보아하니 헬리오스 스승님이 이곳에서 어떻게 지냈을지 훤하게 보였다.

'하지만 비아냥거림이 조금 과하군.'

이유야 어떻든 그는 마탑의 탑주다.

장로나 제자 신분의 마법사가 함부로 말해도 될 만한 지위가 아니다.

더더구나 돌아가신 스승에 대한 모욕이라니.

더 이상 참고만 있을 수는 없다.

적어도 이들에게 헬리오스 마탑의 실력이 그들의 생각만큼 허술하지 않다는 점만이라도 알려줘야 한다.

그가 슬며시 실력행사를 하려 할 때였다.

"뭐가 그리 우스워?"

사람들의 웃음소리에 섞여 한 가닥 차가운 냉소가 들려왔다. 그 목소리는 그리 크지 않았건만 신기하게도 사람의 귀에 선명하게 전달되었다.

갑자기 들려온 목소리에 사람들의 시선이 일제히 돌아갔다.

이내 놀란 음성이 튀어나왔다.

"파, 파에톤!"

"일인 탑주!"

"클리메네 마탑의 파에톤 탑주다!"

파에톤이 누구인지는 몰라도 상당히 유명한 자임이 분명했다. 몇몇 사람들의 놀란 외침이 순식간에 실내의 모든 사람들에게로 전해졌다.

곧, 한 청년이 사람들 사이로 모습을 드러냈다.

그는 마법사답지 않게 건장한 체격의 소유자였다.

등 뒤에 맨 한 자루 장창 때문에 그러한 성향이 더욱 도드라져 보였다.

맹수를 본 초식동물처럼 마법사들이 흩어졌다.

그는 물길처럼 좌우로 물러선 사람들 사이를 성큼성큼 걸어왔다.

그렇게 힘차게 걷던 그가 람스 앞에서 걸음을 멈추었다.

그는 람스를 위아래로 쭉 훑더니 대뜸 껄껄 웃었다.

"하하. 보아하니 자네도 나와 같은 골칫덩이인 모양이군."

그는 시원스러운 겉모습만큼이나 성격도 호탕했다.

인사도 나누기 전에 대뜸 람스에게 어깨동무를 해왔다.

세상에 드문 청년 탑주인 것에 동질감을 느낀 모양이다.

그러나 막 손이 람스의 어깨에 닿으려고 하는 순간, 무슨 이유에선지 그는 손을 멈췄다.

뭔가가 마음에 안 드는 듯 고개를 갸웃거렸다.

"어라?"

뭔가…… 마음에 걸린다.

왠지 모르게 람스의 어깨에 손을 올리는 것이 꺼림칙하다.

구체적으로 뭐가 걸리는지는 알 수 없다.

함부로 어깨동무를 해서는 안 될 것 같은 느낌.

그는 어깨동무 대신 람스에게 악수를 청했다.

"클리메네 마탑의 파에톤이라고 하네. 당신은……."

람스는 부드럽게 웃었다.

'이 사람. 제법이군.'

본인 스스로는 모르지만, 그의 본능은 람스의 내부에 도사린 거대한 존재감을 눈치챘다.

그것은 그만큼 파에톤이 강하다는 의미이기도 했다.

람스가 그에게 손을 내밀며 말했다.

"헬리오스 마탑의 람스라고 하네."

파에톤이 그의 손을 굳게 잡았다.

"반갑네. 그런데 나이가 어떻게 되는가?"

"올해로 스물 셋."

파에톤의 두 눈이 휘둥그레졌다.

"스물 셋? 허, 이런 우연이 있나. 나도 스물 셋인데 말이야. 하하하하."

그는 뭐가 그리 좋은지 홀이 떠나가라 껄껄 웃었다.

"다른 마탑의 비웃음을 받는 천덕꾸러기 신세에다 나이도 같다? 마음에 드는군."

고작 나이가 같다는 공통점 하나만으로도 파에톤은 람스에 대한 무한한 호감을 보였다.

"설마 이 지루한 탑주 회의에서 자네와 같은 보물을 발견하게 될 줄은 몰랐군. 사실 그동안 언제 관에 들어갈지 모르는 노인들과 회의를 하느라 지루해 죽을 참이었거든. 그런데 올해는 자네가 있어 한층 흥이 날 것 같군."

그는 람스의 귀에 대고 다른 마탑의 탑주들을 욕했다.

귓속말이라곤 하지만 워낙에 목소리가 커서 주변의 사람들도 모두 들을 수 있을 정도였다.

그럼에도 발끈하여 따지는 자들이 한 명도 없었다.

"가만, 이렇게 만난 것도 인연인데. 이대로 회의장에 들어갈 수는 없지. 어디 분위기 좋은 곳에 가서 술 한 잔 하면서 천천히 대화를 나누는 게 어떤가?"

파에톤이 타락과 방탕으로 이끄는 짓궂은 악마처럼 람스를 유혹했다.

람스가 뭐라 대답을 하려 할 때였다.

"회의 시간이 임박했습니다. 두 분 탑주님께서는 안으로 드시지요."

경비 마법사가 두 사람에게 조심스럽게 말했다.

람스에겐 한없이 건방을 떨던 경비 마법사가 파에톤의 등장 이후로는 행동거지를 조심스럽게 했다.

행여 파에톤의 눈에 거슬릴까 신경 쓰는 눈치였다.

"쩝. 늙은이들이라 그런지 성질이 급하군."

파에톤은 씁쓸한 표정으로 입맛을 다셨다.

람스와 단둘만의 시간을 갖지 못한 것이 못내 아쉬운 모양이다.

"어쩔 수 없지. 올해는 중요한 문제가 있다고 하니. 무슨 소리를 하나 한 번 들어가 보세."

파에톤은 다짜고짜 람스의 손을 붙들고는 회의장 안으로 들어갔다.

* * *

회의장 내부는 소란스러운 밖과 달리 조용하고 경건했다. 적지 않은 사람들이 모여 있건만 나직하게 떠드는 소리 하나 들리지 않았다.

돔형으로 생긴 회의장엔 거대한 원형의 테이블이 놓여 있었다.

회의에 초대된 탑주들이 그 테이블의 한 자리씩을 차지했다. 탑주들의 자리 배정도 미리 해놓은 듯 자리마다 팻말이 놓여 있었다.

람스의 자리는 남서쪽 방향에 있었다.

회의를 진행하는 진행자의 위치는 북쪽.

람스의 자리는 원형 테이블 내에서도 가장 구석진 자리라 할 수 있었다.

그에 반해 파에톤의 자리는 북동쪽이었다.

자리 배정만 봐도 그의 위치가 많은 탑주들 중에서도 각별

함을 느낄 수 있었다.

"어허. 무슨 자리가 그런 구석에 있는가. 그렇게 햇볕도 안 드는 자리에 앉았다가는 그 고운 얼굴에 곰팡이가 생길 걸세. 이쪽으로 가세."

파에톤은 람스를 끌고 자신의 자리로 향했다.

마침 그의 옆자리가 비어 있었다.

"이곳에 앉게. 위치도 좋고, 습도도 적당하니. 자네와 나처럼 젊고 잘생긴 사람이 앉기에 딱 좋은 자리라고 할 수 있지."

그는 다짜고짜 람스에게 빈자리를 권했다.

몇몇 마법사들은 그의 행동에 눈살을 찌푸리며 불쾌한 감정을 드러냈다.

파에톤의 행동은 분명 예의에 어긋나는 것이었다.

그러나 대놓고 그에게 불만을 표출하는 사람은 없었다.

오히려 그들은 파에톤과 함께 온 람스에게 관심을 보였다.

'누구지? 저 젊은 청년은?'

'곱상하게 생긴 사람이군.'

'회의장에 온 걸 보니 탑주인 모양인데. 적탑 계열의 마탑 중에 파에톤을 제외하고 저처럼 젊은 사람이 또 있었던가?'

개중엔 람스에 대해 알고 있는 사람들도 있었다.

'저 사람이 소문의 헬리오스 마탑의 탑주인 모양이군.'

'아하! 그 미치광이 헬리오스의 후계자란 청년이 바로 저 사람이군.'

'그런데 어쩌다 저 망할 매직나이트 녀석과 어울리게 된 걸까?'

'끼리끼리 어울린다는 말은 바로 이럴 때 쓰는 말이로군.'

모두들 람스에 대해 대단한 관심을 보였다.

특히, 파에톤과의 관계를 가장 궁금하게 여기는 눈치였다.

람스는 사람들의 시선을 한 몸에 받으며 자리에 앉았다.

두말할 것도 없이 파에톤이 권한 자리였다.

람스가 잠시의 고민도 없이 자리를 차지하고 앉자, 파에톤이 씩하고 선 굵은 미소를 보였다.

"역시 화통한 사람이군."

람스가 더더욱 마음에 든 눈치였다.

그때, 문이 열리며 한 명의 마법사가 회의장으로 들어섰다.

붉은 수염이 고슴도치 가시처럼 꼿꼿하게 곤두선 인물이었다.

빈자리를 살피던 그는 람스가 앉은 자리를 보곤 눈썹을 하늘로 곤두세웠다.

자신의 자리에 웬 낯선 청년이 앉아 있는 것이다.

그는 한 걸음에 람스의 앞으로 걸어갔다.

"놈. 뭐하는 녀석인데, 내 자리를 차지하고 앉은 것이냐!"

자리를 빼앗겼다는 생각에서인지 초면임에도 불구하고 그의 말투는 험악하기 이를 데 없었다.

람스가 뭐라 반응을 보이기도 전에 파에톤이 툭 하고 뱉듯이 말을 던졌다.

"거, 노인네 말하는 모양새 보게. 꼭 시비를 걸려고 온 사람 같잖아."

"뭐야!"

적염의 노인이 버럭 고함을 터트렸다.

"아…… 귀 먹겠네. 살살 말해도 알아듣겠구먼."

"이놈! 네놈이 요즘 실적을 좀 올렸다고 그 오만함이 하늘을 찌르는구나. 네놈이 이런 식으로 나온다고 내가 다른 사람들처럼 겁이라도 먹을 줄 아느냐? 흥, 정말 그런 생각을 가지고 있다면 나 메기온 마탑의 레드비어드를 크게 착각한 것이지."

"어라? 이 아저씨. 좋게 말로 하려고 했더니 꼭 사람의 성질을 건드네."

불량스런 태도로 귀를 후비고 있던 파에톤이 슬며시 기운을 풀어놓았다.

뜨거운 압력이 그의 전신에서 풍선처럼 부풀어 올랐다.

"흥!"

레드비어드 역시 지지 않고 싸늘한 콧바람 소리를 내며 기운을 일으켰다.

아래로 축 늘어뜨린 손바닥에서 붉은 화염이 이글이글 일어나며 주위를 벌겋게 물들였다.

장내는 두 사람이 내뿜는 압력과 열기로 인해 한낮의 사막처럼 뜨겁게 달아올랐다. 근처에 앉아 있던 마법사들은 그 엄청난 압력에 놀라 허둥지둥 몸을 피했다.

파에톤과 레드비어드.

이 두 사람은 적탑 계통의 많은 마탑들 중에서도 한 손 안에 꼽히는 무력의 소유자였다. 그런 두 사람이 정면에서 존재감을 끌어올리며 부딪치고 있다.

"정말 해보겠다는 거냐. 애송이?"

레드비어드가 붉게 충혈된 목소리로 위협했다.

전력을 기울이고 있는 듯, 그의 이마와 눈가에 혈관이 툭툭 불거져 나왔다.

파에톤도 지지 않고 기세를 올렸다.

"늙은이. 나이 생각 안 하고 너무 무리하는 거 아니야? 그러다 죽으면 당신 똘마니들이 얼마나 슬퍼하겠어? 이쯤에서 그만 꼬리를 마는 게 어때?"

"뭐라? 꼬리를 말아? 이 떠돌이 늑대 같은 놈이 이젠 눈에 뵈는 게 없는 모양이구나. 내 오늘 네놈의 엉덩이를 두들겨 패서라도 제정신으로 만들어 놓고야 말겠다."

으르렁거리는 소리와 함께 레드비어드가 오른손을 머리 위로 들어올렸다.

"붉은 태양!"

후악!

그의 손바닥 위에서 작은 태양과 같은 불길이 피어올랐다.

"제대로 해보자고? 좋지. 안 그래도 당신과는 언제 한 번 제대로 붙어보고 싶었지."

파에톤도 싸움을 마다하지 않았다.

등 뒤에 맨 창을 뽑아들고 마나를 끌어올리자, 은빛 창이 섬뜩한 기세를 뿜어냈다.

그는 마법과 창술을 동시에 사용하는 매직나이트였다.

드드드드.

두 사람의 기운이 충돌했다.

순식간에 주위의 기물들이 뒤틀려 버렸다.

두 사람 모두 화염계의 마법사.

마나를 끌어올리자 실내의 기온이 급격히 올라갔다.

일촉즉발의 상황

대치한 두 사람의 기세는 그야말로 터지기 직전이었다.

고작 자리 하나 때문에 일어난 다툼이었지만, 그들의 머릿속엔 그러한 기억이 이미 남아 있지 않는 듯했다.

두 사람은 험악한 살기를 마음껏 발산했다.

당장 누구 한 사람이 죽어도 하등 이상할 것이 없는 급박한 상황으로까지 치달았다.

실내엔 그들 말고도 탑주들이 여럿 있었지만, 그 누구도 두 사람의 싸움을 말리지 않았다.

다들 멀찍이 물러선 채 구경하고만 있을 뿐이다.

지금 그들의 관심사는 오로지 하나.

과연 누가 이길 것인가.

두 사람 모두 명성이 하늘을 찌를 듯한 위인이다.
어느 누가 이기든 그 파장은 적지 않을 것이다.
그러다 어느 순간, 이상한 점을 느꼈다.
심각한 그림에 전혀 어울리지 않는 배경 하나.
사람들의 시선이 서서히 그곳으로 이동하기 시작했다.
그들의 시선이 멈춘 곳.
바로 람스였다.
그는 파에톤과 레드비어드의 화염이 정면으로 부딪히는 중심에 태연히 앉아 있었다.
'맙소사.'
사람들은 경악했다.
저 위험한 곳에 태연히 앉아 있는 저 청년은 대체 뭐란 말인가?
처음 그들은 람스가 겁에 질린 나머지 미처 빠져나오지 못한 것이라고 생각했다.
하지만 이상했다.
단순히 겁에 질린 것이라고 보기엔 람스의 태도가 너무 편해 보이지 않는가.
파에톤과 레드비어드, 두 사람이 내뿜는 열기로 인해 주위의 모든 것이 물처럼 줄줄 녹아내릴 정도다. 그런 열기가 정면에서 충돌하는 곳이 바로 람스가 앉은 곳이다.
수천 도 이상의 열기가 들끓고 있음이 분명하다.

순식간에 피가 증발해 버리고, 피부와 근육이 말라비틀어져야 할 막대한 온도.

 그러나 정작 뜨거운 화염폭풍의 한가운데에 앉아 있는 람스는 태연하기만 했다.

 마치 두 사람의 충돌이 남의 일이라는 양, 팔짱을 끼고 앉아 딴 생각을 하고 있다.

 충돌 직전이었던 파에톤과 레드비어드도 뒤늦게 그러한 분위기를 눈치챘다. 그들은 서로 합의라도 한 듯 서서히 존재감을 낮추더니 얼마 지나지 않아 힘 전부를 지워냈다.

 "……."

 레드비어드는 두 눈을 가늘게 뜨며 람스를 쳐다보았다.

 그의 얼굴이 짧은 시간 동안 붉으락푸르락 여러 번 변했다.

 사람들은 그가 당장에 람스에게 손을 쓸까봐 간을 졸였다. 그러나 레드비어드는 람스를 공격하지 않았다.

 대신 칼칼한 목소리로 이렇게 물었다.

 "자네, 이름이 뭔가?"

 "헬리오스 마탑의 람스."

 "헬리오스?"

 레드비어드는 미간을 찡그렸다.

 그의 시선이 람스에게서 파에톤에게로 옮아갔다.

 "그렇군. 자네가 이 청년에게 신경을 쓴 이유가……."

 "영감, 쓸데없는 소리는 그쯤에서 그만두는 게 어때?"

파에톤의 눈빛이 서늘해졌다.

레드비어드도 더는 파고들지 않았다.

파에톤이 무서워서가 아니다. 괜히 남의 아픈 과거를 꺼내고 싶지 않아서다.

"헬리오스. 그 실없는 사람이 제자 하나는 제대로 얻었군."

레드비어드는 알 수 없는 말을 중얼거리며 신형을 돌렸다. 그가 찾아가 앉은 곳은 원래 람스가 앉았어야 할 바로 그 자리였다.

람스를 인정한 것이다.

"대단한데. 친구!"

파에톤이 놀란 음성으로 람스에게 말했다.

"저 성깔 더러운 노인네를 쫓아내다니. 아마 다른 마법사들에게 이 말을 해도 다들 믿지 않을 걸세."

람스는 남들이 들으라는 듯 소란스럽게 떠드는 파에톤을 가만 쳐다보았다.

파에톤에 대한 그의 판단은 이러했다.

'별난 사람이군.'

마법사들은 대개 그 성미가 침착하고 조용하여 좀처럼 흥분하여 떠드는 경우가 없다. 그런데 파에톤은 오히려 뒷골목의 건달들처럼 소란스러웠다.

대체로 부산스럽고 말이 많은 사람일수록 속이 빈 경우가 많다.

그러나 그런 일반적인 통념도 파에톤에게는 통하지 않았다.

그는 누구보다도 시끄럽고 부산스러운 사람이었지만, 그 실력은 오히려 다른 마탑주들을 압도했다.

또 한 가지 신기한 것은 그가 지팡이 대신 자신의 키만큼 긴 장창을 무기로 사용하고 있다는 점이다.

마법사가 창을 휘두른다니.

좀처럼 어울리지 않는 모습이다.

그럼에도 파에톤은 창과 제법 잘 어울렸다.

그렇게 여러 가지 이유로 파에톤은 별종이라는 말이 너무도 잘 어울리는 남자였다.

'그런데 회의는 언제 시작하는지 모르겠군.'

마침 그때, 호위 마법사의 우렁찬 외침이 들려왔다.

"적탑주님께서 듭십니다."

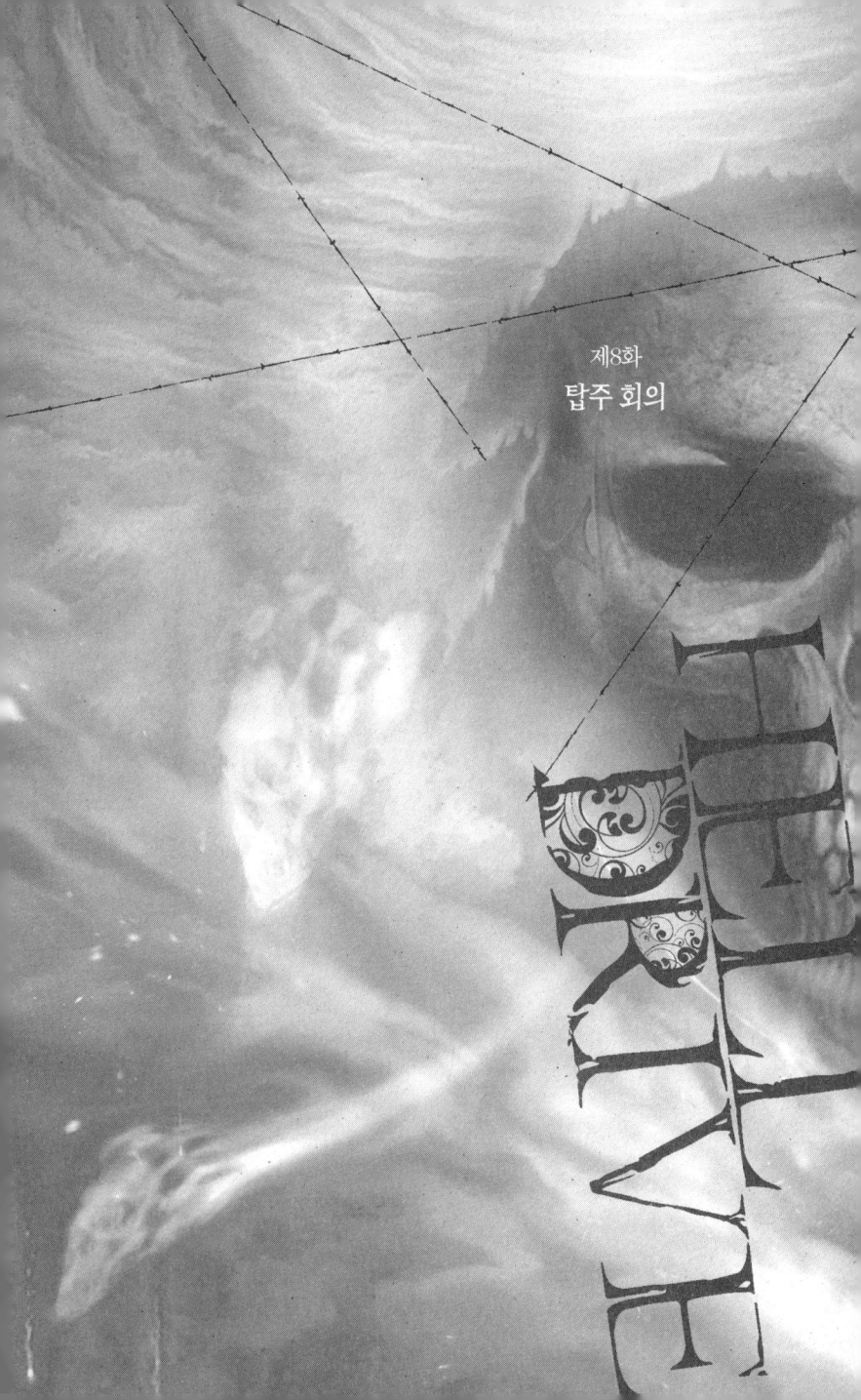

회의장 문이 열렸다.

등이 구부정하게 굽은 노인이 수행인들의 부축을 받으며 실내로 들어섰다.

그가 바로 이 거대한 적탑의 주인이자, 탑주 회의를 주최한 적탑주 루비였다.

주름이 가득한 얼굴에 가슴 아래까지 길게 기른 수염.

허리까지 구부정하여 긴 턱 수염이 땅에 끌릴 지경이다.

"으음."

"허."

"루비 님께서……."

루비가 수행인들의 부축을 받으며 들어서자 탑주들의 입에서 놀란 탄식이 흘러나왔다.

작년에만 해도 지나치게 건강했던 사람이다.

스스로도 백 년은 더 살게 될까 두렵다고 말하지 않았던가.

그런 탑주가 불과 일 년 사이에 스스로의 힘으로는 걷지도 못할 정도로 건강이 악화되었다.

"흐음."

딱딱한 의자 위에 몸을 실은 적탑주는 기도를 하듯 눈을 감고 침묵을 지켰다.

그 또한 예전에는 볼 수 없었던 모습이었다.

누구보다 호방하고 호탕한 사람이 바로 적탑주 루비가 아니었던가.

적지 않은 시간이 흐른 후, 적탑주가 눈을 떴다.

그는 슬픔이 가득한 눈으로 좌중을 돌아보았다.

짧은 침묵 끝에 그가 착잡한 목소리로 입을 열었다.

"회의를 시작함에 앞서 한 가지 슬픈 소식을 전하는 바이오."

그의 눈빛과 목소리는 과거 그 어느 때보다도 무겁고 어두웠다.

"몇 시간 전, 난 충격적인 소식을 접하게 되었소. 카말 왕국에서 왕성한 활동을 하고 있던 바론 마탑이…… 의문의 무리에 의해 무너졌다 하오."

순간, 실내의 공기가 숨을 쉬기 힘들 정도로 무거워졌다.

 탑주들은 다들 자신의 귀를 의심했다.

 '바론 마탑이 무너져?'

 '다른 곳도 아닌 바론이?'

 '말도 안 되는 일이……'

 바론 마탑이 어떤 곳인가.

 적탑 계열의 모든 마탑들 중에서도 다섯 손가락 안에 들 정도로 대단한 전력을 가진 곳이 아닌가.

 그런 바론이 무너지다니.

 비로소 탑주들은 루비가 부쩍 늙어 보인 이유를 짐작할 수 있었다.

 바론의 붕괴.

 적탑주인 그에게 이만큼 충격적인 소식도 드물 것이다.

 "흉수는 누굽니까?"

 레드비어드가 으르렁거리는 음성으로 물었다.

 그는 지금 분노하고 있었다.

 적탑주 앞이라 최대한 억제하고 있음에도 불구하고 그의 전신에서는 무시무시한 살기가 흘러나오고 있었다.

 파에톤과 맞설 때보다 훨씬 더 대단한 살기였다.

 "감히 바론을 해한 놈들이 누구입니까? 제국? 아이언? 에이플? 그도 아니면 다른 마탑입니까?"

 적이 누구든 당장에 뛰어나가 요절을 낼 기세다.

그를 바라보던 루비가 고개를 저었다.

"유감스럽게도…… 적의 정체에 대해선 아직 밝혀진 바가 없네."

"적이 누군지도 모른단 말입니까?"

"적이 누구건 상당히 치밀한 자들일세. 정체가 드러날 만한 증거는 거의 남겨두지 않았지. 하지만…… 다행히 작은 실마리를 발견한 것 같네."

루비가 지팡이를 흔들었다.

그를 수행한 마법사가 작은 금속 조각 하나를 탁자 위에 올려놓았다.

그것은 어른의 손바닥보다 조금 긴 단도였다.

적탑주가 좌중을 훑어보며 말을 이었다.

"바론의 참상을 전한 연락책이 보내온 물건이오. 아마도 적이 사용한 무기인 것 같소."

탑주들의 눈빛이 밝아졌다.

'다행히 증거가 남아 있었군.'

그들은 마법사다.

보통 사람들이 하찮게 생각하는 물건만으로도 많은 정보를 캐낼 수 있는 능력이 있었다.

"조사해 봐도 되겠습니까?"

탑주들의 물음에 루비는 고개를 끄덕였다.

"얼마든지."

허락을 받은 탑주들이 단도를 조사했다.

많은 방법이 조사에 동원되었다.

그러나 단서가 될 만한 흔적은 발견할 수 없었다.

단도는 시장에서 흔히 구할 수 있는 평범한 무기였다.

사용한 사람의 기억이나 의지도 깃들어 있지 않았고, 마법적인 조작의 흔적도 찾아낼 수 없었다.

다만, 검신에 흐릿하게 새겨진 '리버스'라는 알 수 없는 명칭이 발견할 수 있는 정보의 모든 것이었다.

조사가 끝나자 단도는 다시 적탑주에게로 돌아왔다.

적탑주가 입을 열었다.

"사실 이곳에 오기 전에 '리버스'라는 명칭에 대해 조사를 해봤소. 대륙 모든 곳의 대장간과 무기, 그리고 유통에 관련된 모든 상인들을 조사했소. 그 밖에도 관련이 있을 법한 무력 단체들도 빼놓지 않았소. 그러나 그 어느 곳도 '리버스'라는 명칭과 관련된 곳은 없었소."

적탑주가 몸을 기울이며 말을 이었다.

"그래서 난 확신하게 되었소. 이 '리버스'라는 이름이 바론 마탑을 무너뜨린 놈들과 밀접한 관련이 있다는 것을. 어쩌면 '리버스'는 놈들의 조직명일지도 모르오. 그도 아니면 하부 조직의 이름일 수도 있겠지. 혹, 리버스에 대해 아는 분이 계시오?"

대답은 없었다.

다들 모르는 눈치였다.

적탑주 루비는 이미 예상이라도 한 듯 고개를 주억거렸다.

"아무래도 이 일의 배후를 찾는 일은 쉽지 않을 것 같소. 다만, 한 가지 확실한 것은 바론 마탑을 무너뜨린 것으로 보아 리버스라는 조직의 규모와 세력이 범상치 않을 것이라는 점이오."

현 시대에 이르러 마탑의 위세는 그 어느 때보다도 대단하다. 제국과 아이언 왕국과 같은 강대국조차도 마탑을 함부로 대하지 못할 정도다.

그만큼 마탑의 위상이 대단해졌으며, 또한 그에 걸맞은 무력을 지니고 있었다.

그런 마탑이 무너졌다.

소식을 전할 틈도 없이 순식간에 전멸하고 말았다.

그만큼 '리버스'라는 조직의 힘이 대단하다는 의미이기도 하다.

"놈들이 바론 마탑을 공격한 이유가 뭘까요?"

누군가의 질문에 무거운 침묵이 이어졌다.

과연 리버스가 바론 마탑을 공격한 이유가 뭘까?

바꿔 말하면 바론 마탑을 무너뜨림으로써 얻을 수 있는 이득이 무엇이냐는 말이 된다.

돈?

차라리 상인 길드를 터는 것이 백 배는 쉬울 것이다.

상권과 같은 이권?

차라리 어느 나라의 부패한 후작 가문을 위협하는 게 훨씬 쉬우리라.

명예?

마탑을 무너뜨렸다하여 명성이 높아지는 것은 아니다.

악명은 높아질지 모르나, 그로 인해 얻을 수 있는 이득은 전혀 없다. 행여 소문이라도 나면 다른 마탑들이 벌떼처럼 달려든다.

"난 '리버스'가 노린 것이 무엇인지 알 것 같소."

잠시 뜸을 들이던 루비가 느릿느릿 말을 꺼냈다.

"뭡니까? 놈들이 노린 것이."

레드비어드가 물었다.

돌아온 대답은 전혀 의외의 것이었다.

"오브요."

회의장이 소란스러워졌다.

"오브라면…… 저희가 알고 있는 그 오브 말입니까?"

탑주 중의 하나가 물었다.

"그렇소. 바로 그 오브요."

람스는 오브라는 말에 정신이 번쩍 들었다.

다시 오브에 대한 정보를 입수하게 되었다.

안 그래도 오브에 대해 다른 탑주들에게 정보를 구하려던 참이었다.

그는 탑주들의 대화에 의식을 집중했다.

"어째서 그들이 오브를……."

"아마도 오브에 담긴 힘이 탐났을 게요. 아시다시피 오브는 무한한 능력을 간직한 보물. 그 힘을 끌어낼 수만 있다면 세살 먹은 어린아이도 뛰어난 전사가 될 수 있소."

"하지만 그 힘을 끌어내는 일은 불가능하지 않습니까?"

"전혀 불가능한 것만은 아니요. 이 자리에 있는 분들 중에서도 무려 세 개나 되는 오브와 링크한 분이 계시질 않소?"

루비가 파에톤을 슬쩍 보며 말했다.

다른 마법사들 역시 그를 보았다.

"애정이 담뿍 담긴 시선들이라 조금 부담스럽군."

파에톤은 멋쩍은 웃음을 보였다.

바로 그였다.

오브를 세 개나 흡수한 사람이.

그때, 레드비어드가 거친 목소리로 입을 열었다.

"물론, 파에톤처럼 오브를 흡수한 예가 전혀 없는 것은 아닙니다. 하지만 오브와 오브 사용자의 관계는 아직 밝혀진 바가 없습니다. 어떤 오브가 어떤 사람과 반응하지는 알 수 없는 이상, 오브의 가치는 떨어질 수밖에 없습니다."

그의 말처럼 오브와 접촉할 수 있는 사람의 수는 극히 한정적이었다.

몇 년 전, 적탑의 모든 마법사들이 모든 종류의 오브와의 접촉을 시도했다.

성공한 사람은 고작 세 명뿐이었다.

그나마 여러 개의 오브와 링크가 된 마법사는 파에톤 한 명뿐. 그런 그조차도 3개가 한계였다.

즉, 리버스라는 조직이 힘들여 오브를 탈취해 갔다 하더라도 정작 조직 내에 오브와 궁합이 맞는 사람이 없으면 그 많은 오브도 무용지물이 된다는 의미다.

오브가 대단한 마법 아이템인 것은 사실이지만, 마탑을 상대하면서까지 탐을 낼 만한 보물은 아니라는 말이 된다.

왜 리버스는 그런 위험을 감수하면서까지 오브를 탐낸 것일까.

루비가 무거운 목소리로 입을 열었다.

"사실, 비밀은 거의 풀린 듯하오."

"……!"

마법사들이 놀란 표정으로 그를 보았다.

"오브를…… 마음대로 사용할 수 있는 방법이…… 밝혀졌단 말입니까?"

누군가 떨리는 목소리로 물었다.

"아마도……."

루비의 말에 탑주들은 경탄성을 금치 못했다.

오브의 비밀이 풀렸다.

마침내 그 힘을 자유자재로 사용할 방법이 열렸다.

마음대로 기억과 능력을 저장하고, 쉽게 다른 이에게 건넬 수 있는 방법이 밝혀진 것이다.

루비의 말이 이어졌다.

"아는 분들이 있는지 모르겠지만, 사실 바론 마탑은 비밀리에 오브에 대한 연구를 하고 있었소."

탑주들의 반응은 의외로 담담했다.

다들 알고 있었다는 분위기.

공공연한 비밀이었단 소리다.

"이것은 얼마 전 바론 마탑에서 보내온 서류요."

루비가 탁자 위에 서류 몇 장을 내려놓았다.

"이 서류의 내용에 따르면 바론 마탑의 탑주는 오브에 관한 상당히 중요한 정보를 구한 것이 틀림없는 것 같소."

"그럼, 놈들이 바론 마탑을 노린 이유도……."

"거의 확실한 것 같소. 사실 이번에 탑주님들을 적탑으로 초청한 것도 오브의 일을 상의하기 위함이었소."

"……!"

"그, 그런."

의견이 분분하던 탑주들의 표정이 루비의 한마디에 심각해졌다.

루비의 말이 사실이라면, 몇십 년 만의 쾌거를 적에게 **빼앗긴** 셈이 아닌가. 만약 이대로 놈들이 오브의 비밀을 완전히 습득하여 그 힘을 자유롭게 사용할 수 있게 된다면…….

서늘한 한기가 회의장을 휘감았다.

어쩌면 이번 사건으로 말미암아 대륙에 일대 변혁이 생길지도 모른다.

기사와 마법사로 양분된 세력 구도에 새로 링커라는 달갑지 않은 존재가 등장할 수도 있다.

그것도 바론 마탑을 멸망시킨 사악한 놈들의 손에 의해서.

"쉽게 생각할 문제가 아니로군요."

레드비어드가 눈빛을 번뜩이며 말했다.

다른 탑주들 역시 같은 생각인 듯 고개를 끄덕였다.

"한가하게 논의 따위나 하고 있을 때가 아니오. 즉시 움직여야 하오. 바론 마탑을 무너뜨린 놈들에게 분노의 철퇴를 가하고, 놈들에게 빼앗긴 오브를 되찾아야 하오. 이것은 우리의 자존심이 걸린 일이자, 이 대륙의 미래를 위해 반드시 해야만 하는 일이오."

동료의 복수이자, 실추된 자존심을 회복하기 위한 일이다.

이견이 있을 수 없었다.

루비가 만족한 표정으로 고개를 끄덕였다.

"반대하는 사람이 없는 것으로 알고 이야기를 진행시키겠소. 탑주님들께서는 부디 이번 일에 지원을 아끼지 않길 바라오."

"물론입니다."

"맡겨만 주십시오."

탑주들은 호탕한 목소리로 협조에 응했다.

"그럼, 구체적으로 일을 논의하도록 하겠소."

루비는 각 지역의 탑주들에게 이런 저런 조치들을 지시했다. 그는 회의장에 들어서기 이전부터 구상해 놓은 것이 있는 듯, 이야기를 함에 있어 전혀 막힘이 없었다.

한창 이야기가 진지하게 진행되고 있을 때였다.

돌연 벌컥 하며 회의장 문이 열렸다.

"크, 큰일입니다."

중년의 마법사가 사색이 된 얼굴로 실내로 뛰어 들어왔다.

다급한 표정과 목소리만으로도 충분히 심각한 사태가 벌어졌음을 짐작할 수 있었다.

"무슨 일이냐?"

루비가 엄한 표정으로 물었다.

잠시 숨을 고르던 마법사는 빠른 목소리로 대답했다.

"마법사들이…… 청탑의 마법사들이 몰려왔습니다."

"청탑의 마법사들이?"

루비를 비롯한 탑주들은 이게 또 무슨 소린가 하는 반응을 보였다.

청탑이라면 물을 근본으로 하는 마탑이 아닌가.

"그들이 왜? 무슨 이유로 몰려온 겐가?"

"그것이…… 오브를 돌려달라는 이야기와 함께…… 칼론 마탑에 대한 책임을 묻고 있습니다."

"뭣이!"

루비를 비롯한 탑주들의 얼굴 위로 동시에 경악이 떠올랐다.

'심상치 않군.'

내내 온화하기만 하던 람스의 표정도 이때만큼은 딱딱하게 굳어 있었다.

바론 마탑의 멸망.

빼앗긴 오브.

그리고 갑자기 몰려온 청탑의 마법사들.

음모의 냄새가 강하게 풍겼다.

'뭔가 일이 벌어지려고 하고 있다.'

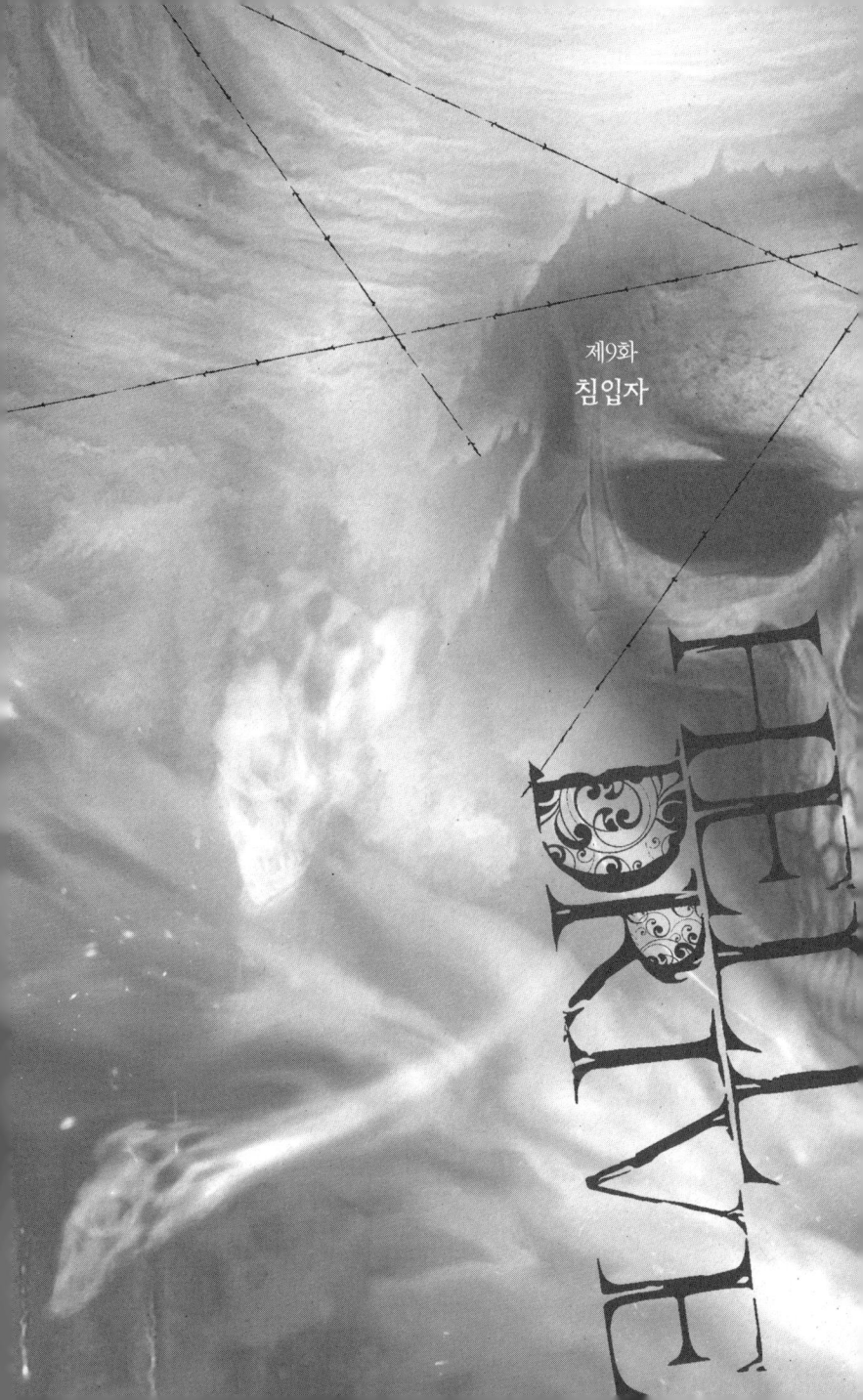

"대체 무슨 일이야! 오브를 돌려달라고? 청탑 놈들이 왜 우리에게 오브에 대한 이야기를 하는 겐가? 그리고 칼론 마탑은 또 무슨 이야기냐!"

레드비어드가 책상을 두드리며 외쳤다.

가뜩이나 분위기가 뒤숭숭한 때다.

그런 상황에서 난데없이 청탑의 출현이라니.

"그것이…… 저로서도 잘……."

보고자 역시 이유를 모르긴 매한가지였다.

수심에 잠겨 있던 루비가 입을 열었다.

"청탑에서 통신 마법도 사용하지 않고 마법사들을 직접 보내왔다라……. 그만큼 심각한 일이 생겼다는 의미겠지. 그런데 누가 왔는가?"

"청탑주님께서 직접 행차하셨습니다."

"허!"

"청탑주가 직접?"

탑주들은 하나 같이 놀람을 감추지 못했다.

청탑주 아쿠아.

그녀가 직접 왔다는 말은 사태가 생각보다 심각하다는 의미였다.

어쩌면 역사상 최초로 마탑 대전이 펼쳐질 가능성마저 완전히 배제할 수 없는 상황이다.

"허허. 그 차분한 노파가 무슨 볼일로 직접 찾아왔는지 모르겠군. 아무튼 그녀가 왔으니 당연히 내가 직접 나가야겠군."

루비가 자리에서 일어났다.

수행원들이 그를 부축했다.

"괜찮다. 청탑주가 보고 있는 자리에 약한 모습을 보일 수는 없느니."

수행인들을 물린 루비가 지팡이를 짚으며 천천히 걸음을 옮겼다.

처음 몇 걸음을 걸을 땐 움직임도 불안하고 허리도 구부정했지만, 회의장을 나설 때는 어느새 구부정하던 허리도 곧게

펴지고, 발걸음도 안정되게 변했다.
 당당하게 탑을 나서는 그의 뒤를 탑주들이 조용히 따랐다.
 파에톤이 람스를 돌아보며 물었다.
 "자넨 어떻게 할 생각인가?"
 람스는 당연하다는 듯 대답했다.
 "따라갈 생각일세."
 파에톤이 씩 웃었다.
 "꽤 재미있을 것 같지 않나?"
 람스는 파에톤을 향해 소리 없는 미소를 보였다.

* * *

 탑 1층의 거대한 로비.
 푸른색의 로브를 입은 무리가 모여 있었다.
 바로 청탑의 마법사들이었다.
 둥글게 선 마법사들의 중심에 주름이 자글자글한 노파가 앉아 있었다.
 명상에 잠긴 듯 눈을 감고 있던 노파가 불현듯 눈을 떴다.
 "왔군."
 과연 얼마 지나지 않아 소란스런 발소리와 함께 적탑주 루비가 모습을 보였다.
 "오랜만이오. 아쿠아."

루비가 노파를 향해 손을 들어보였다.

친근함을 표하는 나름의 방법이었다.

아쿠아라 불린 노파는 묘한 눈으로 적탑주를 잠시 쳐다보더니 고개를 끄덕였다.

"그렇군요. 참 오랜만이에요. 루비. 아니, 토란이라고 불러야 하나요?"

루비가 천천히 고개를 가로저었다.

"루비라는 이름만으로도 족하오. 그런데 오늘 갑자기 어인 행차이신지."

그는 아쿠아를 둘러싼 청탑의 마법사들을 살폈다.

하나같이 존재감이 대단했다.

'탑주들이로군.'

온건하고 평화로운 성품의 청탑주가 이처럼 만반의 대비를 하고 찾아오다니.

"설마, 몰라서 묻는 건 아닐 테지요?"

아쿠아가 서슬이 퍼런 음성으로 물었다.

"정말로 몰라서 묻는 거요. 아무런 통보도 없이 불쑥 찾아오시다니. 당신답지 않은 행동이구려. 남들이 보면 청탑이 우리 적탑에게 전쟁선포를 하려고 온 줄 착각하겠소. 허허."

루비는 분위기를 풀기 위해 약간의 농담을 섞었다.

그러나 돌아온 말은 섬뜩하기 그지없는 것이었다.

"필요하다면 전쟁도 불사해야겠지요."

아쿠아의 한마디에 적탑의 분위기가 일변했다.

경계심만 높이던 그들의 기질이 순간 호전적으로 변했다.

마법을 일으킨 것도 아니건만 실내의 기온이 한순간에 십도 이상 올라갔다.

청탑의 마법사들 또한 가만히 있지 않았다.

그들 역시 적탑에 맞서듯이 마력을 올렸다.

스으으으으.

불길한 안개가 일어나 실내를 뒤덮었다.

천장에서 떨어진 물방울이 바닥을 적셨다.

당장이라도 불벼락이 떨어지고, 해일이 몰아칠 것 같은 험악한 분위기.

"허허, 전면전이라니. 정말 무서운 말씀을 하는구려."

"전 더 무서운 일도 많이 겪었습니다. 루비 님."

"대체 자상하고 인자하신 아쿠아 님께서 왜 이렇게 차가워지셨는지 모르겠소."

루비가 한숨을 쉬며 말했다.

그의 말대로 아쿠아는 평소 인자한 사람이었다.

원소 마법 계열의 탑주들 가운데에서도 가장 편한 사람이 바로 그녀였다.

그런 그녀가 지금 화를 내고 있다.

다른 사람도 아닌 청탑주 아쿠아가 분노를 표하고 있는 것이다.

청탑은 물을 근본으로 하는 마탑.

바다는 평화롭고 온화하며 많은 생명의 근원이기도 하다. 하지만 일단 화가 나면 거친 풍랑으로 살아 있는 모든 것을 쓸어버리는 두려운 존재로 돌변한다.

지금의 아쿠아는 바로 그런 분노와 폭풍을 가슴에 품고 있었다.

"설마, 칼론 마탑의 일을 모른다고 말씀하시지는 않겠지요?"

아쿠아가 단도직입적으로 물었다.

"모르오."

루비는 딱 잘라 말했다.

스스스스스.

청탑 소속의 마법사들의 분위기가 한층 심각해졌다.

실내를 가득 채운 안개는 어느새 먹구름이 되어 주위를 뒤덮었다.

"흥!"

아쿠아가 싸늘하게 코웃음을 쳤다.

"증거가 확실한데도 발뺌을 하시는군요."

"증거라. 무슨 증거 말이오? 아니, 그 전에 칼론 마탑에서 대체 무슨 일이 있었던 거요?"

"칼론 마탑은…… 오늘 새벽 갑작스런 습격으로 인해…… 붕괴되었습니다."

"……!"

루비의 표정이 일변했다.

처음 칼론 마탑의 이야기를 들었을 때부터 혹시나 하는 생각이 들긴 했다. 그러나 아쿠아로부터 직접 그 이야기를 듣게 되니 그 충격이 대단했다.

칼론 마탑은 청탑 계열의 마탑이었다.

"으음. 칼론 마탑에서도……."

"……!"

아쿠아는 루비의 말에서 뭔가 느껴지는 바가 있었다.

그녀는 루비가 수작을 부리는 것은 아닐까 경계하며 질문을 던졌다.

"칼론 마탑에서도라니요. 그렇다면 다른 곳에서도 이와 유사한 일이 있었단 말입니까?"

루비가 고개를 끄덕였다.

"몇 시간 전, 바론 마탑에서 끔찍한 일이 생겼다는 소식을 들었소."

그의 말에 청탑 계열의 마법사들 사이에서 가볍지 않은 소요가 일어났다.

아쿠아가 손을 들어 소요를 가라앉혔다.

"불행한 일이군요. 안타깝게 희생된 마학자들에게 마나의 축복이 있길 빌겠습니다. 그런데 이 일과 바론의 일이 무슨 상관인지 모르겠습니다."

"그보다 난 아쿠아 님께서 칼론 마탑에서 벌어진 일을 우리의 소행이라고 믿는 이유가 궁금하오. 우리가 바보 멍청이가 아닌 바에야 칼론 마탑을 공격했을 리 없지 않소?"

"물론 저도 적탑이 그처럼 미련한 짓을 했으리라 생각하지는 않아요. 하지만 증거가 확실하니 달리 의심할 수가 없더군요."

"증거라면……"

"직접 보여드리죠."

아쿠아가 품에서 수정 구슬을 꺼냈다.

특별하게 제작된 수정구슬은 영상을 기록할 수 있었다.

아쿠아가 꺼내든 수정구슬이 바로 그런 물건이었다.

그녀가 주문을 영창하자 곧 수정 구슬 속에서 희미한 영상이 펼쳐졌다.

영상이 보여주는 것은 폐허였다.

앙상한 뼈대만 남은 채 무너진 거대한 건축물.

타오르는 불길.

하늘을 뒤덮은 검은 연기.

암울한 미래를 암시하는 듯한 처참한 풍경이었다.

그것이 마탑의 잔해라는 것은 한참을 보고난 후에야 알 수 있었다.

영상을 보는 내내 적탑 계열 마법사들의 안색이 여러 차례 변했다.

'과연 오해할 만하군.'

제법 떨어진 곳에서 영상을 본 람스도 고개를 끄덕였다.

영상에서 확인한 칼론 마탑의 피해는 그야말로 대단했다. 거대한 재앙이 마탑을 덮친 것이 분명하다.

누군지는 몰라도 철저하게 박살냈다.

람스는 저쪽 세상에서 이와 같은 광경을 이루 헤아릴 수 없을 만큼 경험했다. 이렇게 앙상한 폐허가 남게 되는 경우는 한 가지뿐이다.

섬멸전.

아마도 그 재앙과도 같은 공격에서 살아남은 이는 전무할 것이다.

처참한 건물의 잔해 곳곳에 세심한 뒷손질의 흔적을 발견할 수 있었다. 잔해를 뒤져가며 살아남을 수 있는 일말의 가능성조차 모조리 지워 버린 것이다.

한데, 정작 사람들의 눈길을 끈 것은 적의 주도면밀한 능력이 아니었다.

오히려 탑주들의 주목을 받은 것은 폐허 그 자체였다.

잔해를 삼키고 있는 거대한 불길.

검붉은 연기.

마치 지옥의 일부를 그대로 소환한 것과 같은 참혹한 광경.

그렇다. 칼론 마탑을 덮친 재앙의 이면엔 화염이 있었다.

거대한 불길이 칼론 마탑을 덮친 것이다.

"이래도 발뺌을 할 생각이십니까!"

지팡이로 바닥을 두드리며 아쿠아가 목소리를 높였다.

루비는 멍한 눈으로 수정 구슬을 보고만 있었다.

수정 구슬 속의 영상을 좀처럼 믿기 힘들었다.

아쿠아가 그런 그를 향해 압박을 높였다.

"세상에 이처럼 강력하고 방대한 화염을 사용할 수 있는 곳이 적탑 외에 또 어디가 있단 말입니까!"

아쿠아가 적탑을 흉수로 지목한 이유.

그것은 칼론 마탑의 곳곳에 드러난 화염의 흔적 때문이었다. 이 세상에 적탑 외에 이처럼 강력한 화염마법을 사용할 수 있는 곳은 없다.

아쿠아는 더 이상 분노를 참을 수 없는 듯 보였다.

그녀의 마력이 포말처럼 부글부글 들끓었다.

청탑의 마법사들을 모두 합한 것보다 더 대단한 기운이 그녀 한 명에게서 흘러나왔다.

"아직도 더 할 말이 있습니까? 루비!"

아쿠아가 찌르는 듯한 시선으로 물었다.

루비는 탄식처럼 한숨을 내뱉었다.

"아무래도…… 아무래도 이 일엔 뭔가 은밀한 음모가 숨어 있는 것 같소."

"닥치세요. 이렇게 증거가 명확한데도 당신은 딴 소리만 할 생각이십니까?"

루비가 날뛰기 직전인 아쿠아를 향해 잔잔한 눈빛을 보냈다.

"아쿠아. 우선 진정하시오. 마음을…… 조금 가라앉히고 침착하게 대화를 합시다."

루비의 거듭된 당부에도 아쿠아의 음성은 싸늘하기만 했다.

"이미 이 상황은 대화로 마무리될 단계가 아닙니다."

"아쿠아. 내가 당신을 알고 있듯, 당신 또한 내가 어떤 사람인지 알고 있지 않소."

"……."

"내가 정말로 이렇게 무모한 일을 벌일 사람으로 보이오?"

아쿠아의 표정이 일그러졌다.

그녀 역시 알고 있었다.

루비가 이처럼 무모한 일을 벌일 사람이 아니라는 것을.

그녀가 흥분을 가라앉히자 루비가 조용하지만 분명한 어조로 말을 이어나갔다.

"칼론 마탑에서 생긴 일은 분명 불행한 일이오. 그리고 그 사건의 배후로 당신이 적탑을 지목한 이유도 충분히 이해하겠소. 하지만 한 가지 분명히 알아둬야 할 것은, 우리의 바론 마탑 또한 칼론 마탑에서 발생한 일과 비슷한 일을 겪었다는 것이오."

"빠져나갈 핑계를 만들기 위한 수작일지도 모르지 않습니까?"

"청탑의 탑 하나를 망치고자 이쪽의 탑 하나를 스스로 없앤다? 과연 그것으로 얻을 수 있는 이득이 무엇이겠소? 득보다 실이 많은 계책이 아니겠소?"

"달리 뭔가를 얻을 것이 있었다면 이야기가 다르겠지요."

"사실 내가 묻고 싶은 것도 그것이오. 방금 전, 난 보고를 통해 당신이 내게 칼론 마탑의 일과 더불어 오브의 일을 따지려 한다는 소식을 들었소. 혹, 칼론 마탑에서 오브를 연구하고 있지는 않았소?"

이야기가 이쯤 진행되자 아쿠아도 뭔가 느껴지는 바가 있었다.

"설마 바론 마탑도 그런가요?"

"그렇소. 바론 마탑도 오브를 연구하던 곳이었소."

적탑이 오브에 대해 연구를 했듯, 청탑에서도 오브에 대한 관심이 많았다.

칼론 마탑은 청탑을 대표하여 오브 연구를 주도하던 곳이었다.

"이제 의문이 풀리는군. 적어도 한 가지는 확실하오. 바론 마탑과 칼론 마탑을 습격한 자들은 오브를 구하기 위해 그런 일을 벌인 것이 분명하오."

"저도 이번 일이 오브와 관련되었다는 걸 어렴풋이 느끼고는 있었어요."

아쿠아의 미간에 고랑이 새겨졌다.

"하지만 아직 해결되지 않은 문제가 있군요. 칼론 마탑에 남은 흔적. 그 흔적들을 당신은 어떻게 설명할 수 있을지 궁금하군요. 설마 누명이라고 말하려는 것은 아니겠죠? 미리 말하지만 세상에서 이런 흔적을 남길 수 있는 곳은 오직 적탑 뿐이에요."

"허허. 궁색한 변명이라도 할 수 있으면 좋으련만, 나로서는 누명 외에는 다른 설명은 불가능한 것 같소이다. 아쿠아, 당신이 보다시피 난 다른 적탑주들과 함께 바론 마탑에서 발생한 일을 논의하던 중이었소. 만약 이 모든 사건이 우리의 음모라면 어째서 당신에 대한 대비를 하지 않았겠소?"

루비의 말은 과연 일리가 있었다.

아쿠아도 그 점이 내내 의심스러웠다.

하지만 증거가 워낙 확실하여 의심을 애써 억눌렀었다.

다른 탑주들의 열화와 같은 분위기도 무시할 수 없었다.

그래서 일단 문을 박차고 적탑으로 쳐들어온 것인데, 역시 생각대로 일은 간단하지 않았다.

'제 3의 세력이 있군.'

람스는 즉각 판단을 내렸다.

아마도 적탑주 루비나 청탑주 아쿠아도 그 사실을 알고 있을 것이다. 다만, 여러 정황들로 인해 적탑에 대한 의심을 완전히 뿌리치지 못했던 것이다.

문제는 많지만, 결국 두 탑주는 연합하여 적을 수색할 것이다. 그리고 피의 복수를 할 것이다.

마법사들의 복수는 기사들의 광기와는 다르다.

그들은 치밀한 조사와 완벽한 상황 파악 이후, 가장 말단에서부터 차근차근 적의 모든 것을 파멸시킬 것이다.

리버스.

그들이 누구이고, 목적이 무엇이건 간에 현 시대에서 가장 무서운 적을 건든 셈이다.

'음?'

생각에 잠겨 있던 람스의 촉각에 뭔가가 걸려들었다.

두 마탑의 정상들이 치열한 신경전을 벌이고, 다른 마법사들 역시 초미의 사태에 집중하고 있는 이때.

누군가가 탑으로 몰래 숨어들었다.

그 움직임은 극도로 은밀하여 의식을 집중하지 않으면 느끼지 못할 정도였다.

'누군지는 몰라도 과감하군.'

마법사들이 강가의 모래알처럼 진을 치고 있는 적탑에 몰래 숨어들다니.

그 배포와 과감함이 평범하지 않다.

'어디 어떤 자들인지 살펴볼까?'

흥미가 생긴 람스가 슬그머니 몸을 뺐다.

적탑주와 청탑주의 회담결과는 뻔한 흐름으로 가고 있었다.

비록 겉으로는 서로를 못 잡아먹어서 으르렁거리고 있지만,

그들이 선택할 수 있는 결론은 단 하나 뿐이었다.

람스는 사람들이 눈치채지 못하도록 조용하고 은밀한 움직임으로 탑의 지하로 향했다.

은밀한 기척이 발아래에서 느껴지고 있었기 때문이다.

* * *

적탑의 지하.

철저한 보안이 없으면 절대로 통과할 수 없는 그곳에 난데없는 신음성이 울리고 있었다.

"큭!"

"윽!"

짧은 단말마와 함께 푸대자루가 쓰러지는 듯한 둔탁한 소음이 들려왔다. 지하로 통하는 입구를 지키던 마법사들이 쓰러지는 소리였다.

"형편없는 놈들이군."

발아래에 쓰러진 마법사들을 내려다보며 복면인이 코웃음을 흘렸다.

마법사가 상대라 제법 긴장을 했는데, 예상과 달리 허무하게 끝났다.

"느닷없이 적이 들이닥칠 줄 몰랐기 때문이지."

"평화에 찌든 돼지새끼들."

복면인은 바닥에 침을 퉤 뱉었다.

"그런데…… 흔적은 찾았나?"

장신의 복면인이 물었다.

유난히 키가 작은 복면인이 고개를 저었다.

"아직…… 생각보다 쉽지 않군."

그는 떨어진 물건을 찾듯 바닥을 더듬었다.

그 모습을 본 장신의 복면인이 짜증을 냈다.

"언제 놈들이 냄새를 맡고 쫓아올지 모른다. 스몰, 그러지 말고 아이볼 님께서 주신 능력을 사용하지 그래."

그의 말에 스몰이라 불린 복면인이 짜증을 냈다.

"젠장. 이 능력을 사용하면 두통이 생기는데……."

스몰이 복면을 벗었다.

그는 작은 키에 어울리지 않게 머리가 큰 사내였다.

굵직굵직한 이목구비 중에 유독 눈동자가 컸다.

"열려라."

스몰이 이마 한가운데를 손가락으로 짚으며 외쳤다.

순간, 반듯한 이마가 세로로 찢어지며 그곳에서 새로운 눈동자가 만들어졌다.

"크윽!"

스몰이 앓는 소리를 흘렸다.

이마에 눈을 만들어내는 이 마법은 매우 뛰어난 효과가 있었다. 대신 심각한 두통이라는 부작용이 있었다.

어지간하면 사용하기 싫은 능력이다.

"임무 성공을 위한 어쩔 수 없는 투자라고 생각해."
"알았어. 제길."
스몰이 신음을 참으며 이마의 눈으로 지면을 훑었다.
잠시 후, 스몰이 외쳤다.
"라지, 찾았다!"
그가 손가락으로 가리킨 곳은 지하의 구석진 자리였다.
"흐흐. 아이볼 님의 능력은 과연 쓸모가 많군."
라지라 불린 사내가 나직하게 웃었다.
스몰이 고개를 끄덕였다.
"아이볼 님의 능력으로 땅속을 마음대로 볼 수 없었다면 이런 일은 감히 시작도 못했을 거다."
"그럼, 이제 슬슬 내가 나설 차례군."
라지라 불린 사내가 스몰이 지적한 곳을 살펴보더니 손바닥을 지면에 대고 말했다.
"융해."
그의 손바닥에서 물과 같은 액체가 나오더니 단단한 흙바닥을 지글지글 녹이기 시작했다.
그는 그 용액으로 둥근 원을 그렸다.
잠시 후, 텅 하는 소리와 함께 뚜껑이 열리듯 지면이 내려앉았다.
라지가 구멍 아래로 고개를 집어넣었다.
"흐흐. 과연 아이볼 님이시군. 이곳에 정말 동굴이 있어."

"서두르자. 놈들이 오기 전에 일을 끝내야 해."
"흐흐흐. 그렇게 하지."
라지와 스몰은 잠시의 주저도 없이 지하로 내려갔다.

* * *

그들이 사라진 지 얼마 후, 한 사람이 나타났다.
"분명 이곳에서 기척이 느껴졌는데……."
의심스런 표정으로 주위를 살피는 그는 다름 아닌 람스였다.
수상한 기척을 느끼고 이곳까지 한달음에 달려왔다.
주위를 살피던 그가 뒤늦게 쓰러진 마법사들을 발견했다.
'깔끔한 솜씨. 누군지는 몰라도 실력이 뛰어난 자들이군.'
마법사들의 상처는 더 없이 깔끔했다.
빠르고 정확하게 급소를 당한 흔적이다.
'마법사들을 죽인 자들은 저곳으로 갔을 것이다.'
람스의 시선이 라지와 스몰이 사라진 바닥의 구멍으로 향했다.
그가 앞서간 자들을 쫓으려 몸을 일으켰을 때였다.
"몰래 적탑에 숨어들어온 쥐새끼들이 있었던 모양이군."
통로 저편에서 누군가의 목소리가 들려왔다.
람스는 놀라지 않았다.

이미 그는 누군가가 자신의 뒤를 미행하고 있음을 눈치챘기 때문이다.

곧 어둠을 가르며 한 사람이 나타났다.

등에 맨 한 자루의 은빛 창.

파에톤.

바로 그였다.

그는 마법사들의 상태를 확인하더니 고개를 가로저었다.

"죽었군. 어떤 놈들이 이랬나?"

람스는 담담한 목소리로 대답했다.

"내가 도착했을 땐 이미……."

"놈들은?"

람스가 복면인들이 만들어 놓은 구멍을 가리켰다.

파에톤이 입꼬리를 들어 올리며 차게 웃었다.

"제법 재주가 대단한 녀석들인 모양인데. 간도 꽤 크고."

천하의 적탑에 몰래 숨어들다니.

어지간한 배짱으로는 할 수 없는 일이다.

"그런데 이 아래에 또 다른 동굴이 있었나?"

파에톤은 과거 몇 번 이곳을 들른 적이 있었다. 하지만 이 아래에 또 다른 동굴이 있을 줄은 몰랐다.

다른 마법사들 역시 모르고 있을 가능성이 크다.

"놈들은 어떻게 이곳에 동굴이 있는 걸 안 거지? 아무튼 단순한 좀도둑이 아닌 것은 확실하군. 그런데……."

혼잣말을 하던 파에톤이 람스를 돌아보았다.
"자넨 이곳의 일을 어떻게 알았나?"
지하에서 은밀히 일어난 사건.
람스는 대체 어떻게 이곳을 알고 달려온 걸까.
람스는 대답 대신 오히려 질문을 던졌다.
"자네는 어떻게 알았지?"
"난 조금 특별한 사람이라서 말이야. 아까 회의장에서도 들었잖아."
파에톤이 씩 웃으며 천연덕스럽게 대꾸했다.
자신만만한 미소다.
어떤 상황에서도 충분히 제 몸 하나 지킬 수 있는 사람만이 지을 수 있는 미소였다.
"이제 자네가 대답할 차례로군. 어떻게 이곳의 일을 눈치챘지?"
파에톤이 다시 물었다.
람스는 태연하게 대꾸했다.
"나도 조금 특별한 사람이라서 그런 걸세."
"특별하다라……."
파에톤이 예의 그 미소를 보였다.
다소 거친 그의 모습과 퍽이나 잘 어울렸다.
람스는 그 미소가 누구와 닮았다는 생각을 했다.
누구였더라.

어쩐지 그리운 느낌이 드는데.

가물가물한 기억을 더듬었다.

잡힐 듯 누군가의 영상이 떠올랐다.

파에톤이 서두르지만 않았어도 그는 그의 미소가 누굴 닮았는지 기억해낼 수 있었을 것이다.

그러나 성미가 급한 파에톤은 람스를 기다려주지 않았다.

"놈들이 무슨 짓을 할지 걱정이군. 서두르도록 하세."

말과 동시에 파에톤이 몸을 날렸다.

마법사임에도 그의 움직임은 숙련된 전사처럼 과감하고 뛰어난 어쌔신처럼 은밀했다.

'과연 특별한 사람이군.'

람스는 고개를 끄덕이며 파에톤을 따라 구멍 속으로 몸을 날렸다.

* * *

"뭐야, 이거. 괴물 소굴이잖아!"

동굴로 내려간 파에톤이 미간을 찌푸리며 외쳤다.

아래의 동굴은 생각보다 좁았다.

거친 벽면을 보니 누군가 인위적으로 파놓은 동굴이 분명했다. 문제는 괴상한 괴물들이 그 좁은 동굴의 통로를 가로막고 있단 점이다.

괴물들의 모양은 독특했다.

녹색의 피부와 큰 눈.

두 손의 갈퀴.

겉모습만 보면 영락없는 개구리다.

다만, 성인 남성 정도의 키에 두 발로 서 있다는 점이 보통의 개구리들과 달랐다.

"까드드드."

두 사람을 본 괴물들이 노란 눈동자를 희번덕거렸다.

"아무래도 얌전히 보내줄 생각이 없는 모양이군."

얌전히 보내주지 않는 정도가 아니라 아예 두 사람을 먹이로 생각하는 듯했다.

"꽥. 꽥."

"까드드득."

선두의 몇 마리가 목을 부풀리며 요란하게 울더니 대뜸 혓바닥을 쏘아냈다.

"어딜 감히!"

파에톤이 창을 뽑아 경쾌하게 휘둘렀다.

서거걱!

창의 궤적에 걸린 괴물의 혓바닥들이 썩둥 썩둥 잘려나갔다.

"끼르륵!"

"뀌엑. 뀌에엑!"

부상을 입은 괴물들이 꽉꽉 요란한 소리를 내며 울었다.

그러나 그도 잠시, 얼마 지나지 않아 상처를 입은 괴물들이 다시 예의 혓바닥을 날렸다.

어찌된 이유에선지 방금 전에 잘린 혓바닥은 멀쩡하게 재생되어 있었다.

"이놈들. 트롤의 일종인 모양이군."

트롤은 재생능력이 뛰어난 괴물이다.

이 개구리를 닮은 괴물들은 민물 트롤의 일종이었다.

"트롤이라. 귀찮게 됐군."

귀찮다고 말을 하면서도 정작 파에톤의 표정은 즐거워 보였다.

"이 녀석들이 상대라면 마음껏 힘을 사용해도 되겠지?"

즐거워 보인 이유가 바로 이 때문이다.

"여긴 내가 맡겠네. 자넨 먼저 간 놈들을 쫓게."

파에톤의 말에 람스는 고개를 끄덕였다.

안 그래도 그럴 생각이었다.

그는 민물 트롤에겐 아무런 관심도 없었다.

게다가 힘자랑을 할 생각은 더더욱 없었다.

"수고하게."

람스가 말과 함께 몸을 날렸다.

바람과 같은 움직임으로 괴물들 사이를 스쳐 지나갔다.

괴물들이 반사적으로 그에게 공격을 날렸지만, 그 어떤 공격도 람스를 가로막지 못했다.

"허! 과연 평범한 사람은 아니었군."

파에톤이 감탄을 흘렸다.

저 움직임 하나만 보더라도 경솔히 생각할 수 없는 실력이다. 마법사의 움직임이 기사보다 뛰어나다는 것은 이상했으나, 파에톤 자신도 그런 사람인지라 크게 개의치 않았다.

"그럼, 적당히 무대도 만들어졌으니 한 번 제대로 날뛰어 볼까?"

파에톤이 호쾌한 동작으로 창을 휘둘렀다.

은빛 창이 우르릉 진동하며 차가운 불길을 뿜어내기 시작했다.

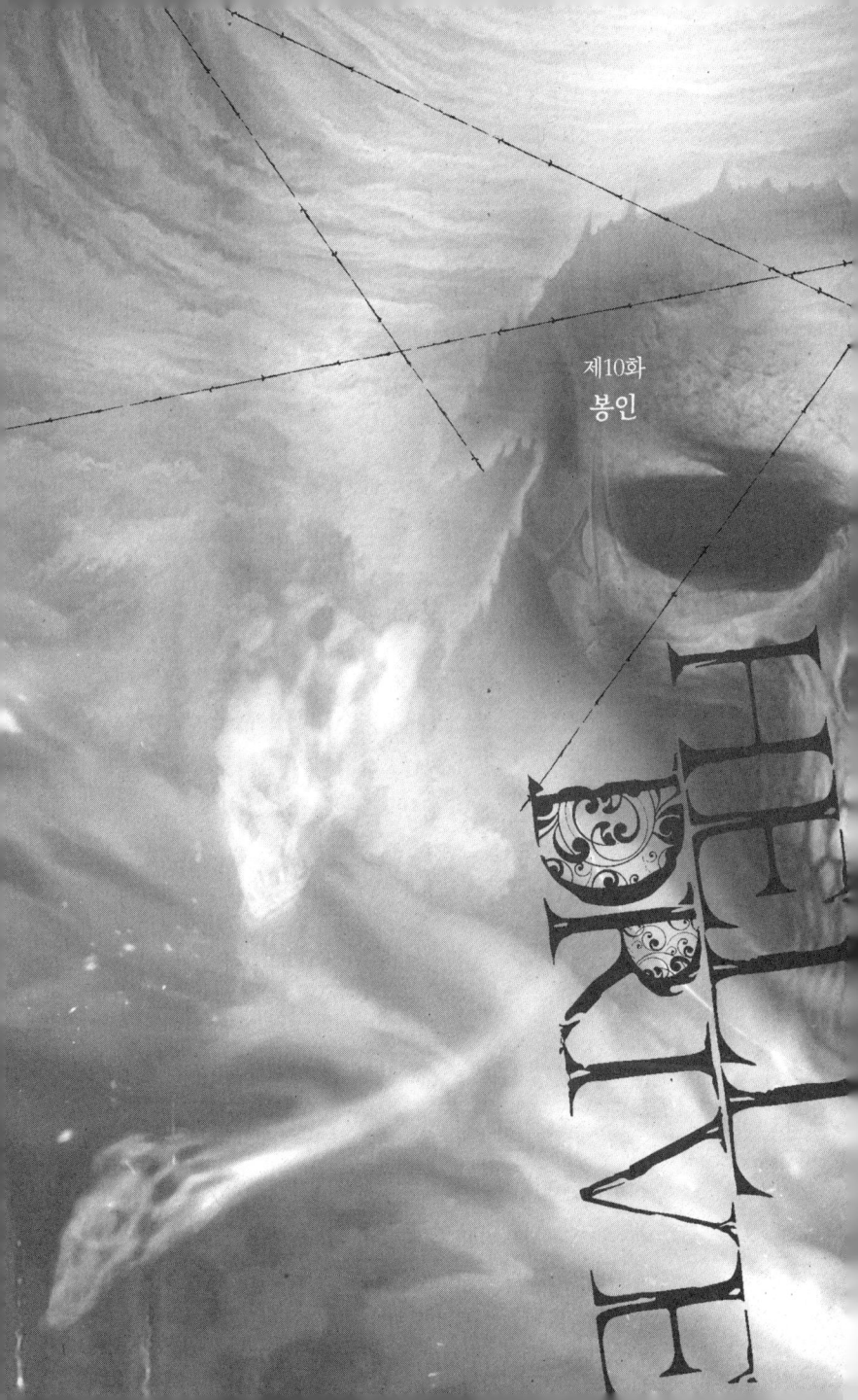

 파에톤이 민물 트롤들과 싸움을 시작했을 즈음, 한 발 앞서 그곳을 지나간 복면인들은 이미 굴 안쪽의 은밀한 공간에 도달해 있었다.
 "이쯤에서 옷을 벗도록 하자."
 주위에 괴물들이 없음을 확인한 복면인들이 녹색의 두건과 망토를 벗었다.
 그들이 괴물들과 싸우지 않고 이곳까지 도착할 수 있었던 것은 바로 이 두건과 망토 덕분이었다.
 "휴. 간신히 건너왔군. 자칫했으면 큰일 날 뻔했어."
 "그러게 아이볼 님께서 주신 망토가 없었다면 방금 전 그놈들과 싸워야 했을 거야."
"흐흐흐. 우리가 아무리 대단한 실력을 가졌다고 해도 그건 좀 힘들었겠지?"
"물론이지. 그 괴물들. 보통 놈들이 아닌 것 같았으니까. 오크는 상대도 안 될 것 같던데?"
"암. 상대도 안 되고말고. 그나저나 아이볼 님은 정말 대단하시군. 어떻게 이 깊은 지하에 그런 괴물들이 있는 줄 아셨을까?"
"달리 '관조의 눈'이라 불리실까. 이 세상에 그분이 보지 못하는 건 아무것도 없어."
"흐흐흐. 과연 그렇군."
낄낄거리며 웃던 그들은 다음 순간 심각한 표정으로 전면을 바라보았다.
동굴의 끝.
앞이 막혀 있었다.
"여기가 그곳인가?"
라지가 물었다.
스몰이 이마에 돋아난 눈을 데굴데굴 굴리더니 대답했다.
"그래, 바로 여기야. 목표는 바로 이 너머에 있다."
"잘 됐군. 슬슬 지루하던 참인데 말이야."
라지가 앞으로 나섰다.
그가 두 손을 벽에 대자 지글거리는 소리와 함께 흙벽이 녹아내리기 시작했다.

잠시 후 그들 앞에 새로운 통로가 나타났다.

새로운 동굴은 지금까지 그들이 달려온 동굴과는 그 분위기가 사뭇 달랐다.

"대단한데?"

벽과 천장을 가득 메운 수정들을 보며 스몰이 놀란 목소리로 외쳤다.

새로운 동굴은 아름다운 수정 동굴이었다.

그것도 보통의 수정이 아니라 마법 물품 제작에 사용되는 값비싼 보석들이었다.

문득 스몰은 욕심이 생겼다.

이 수정들을 적당히 챙겨서 돌아가면 한몫 단단히 잡을 수 있을 텐데.

라지가 그의 옆구리를 툭 치며 말했다.

"포기해. 아이볼 님의 말씀을 잊었어? 이 수정들을 잘못 건드리면 동굴이 무너질 거야."

"그렇군. 아깝지만 어쩔 수 없지."

스몰은 아쉬운 표정으로 수정들로부터 시선을 거둬들였다.

그들은 복잡한 지형의 수정들을 조심조심 피해 가며 안쪽으로 들어갔다. 그렇게 한참을 들어간 끝에 마침내 목적하던 곳에 도착할 수 있었다.

"저, 저거다!"

스몰이 수정을 가리키며 환성을 질렀다.

그가 가리킨 수정은 기둥처럼 거대한 물건이었다.

거대한 수정의 겉 표면에는 둥근 구슬들이 여러 개 박혀 있었다.

"찾았다. 오브!"

"맙소사. 30개가 넘잖아. 이 많은 오브가 이곳에 있을 줄이야."

엄청나게 희귀하다는 오브가 무려 36개나 있다니.

아마도 오브를 가장 많이 가지고 있는 마탑들도 이렇게 많은 오브를 소유하고 있지는 않을 것이다.

"놀라운걸. 이렇게 많은 오브가 이곳에 묻혀 있을 줄이야."

"그러게. 아이볼 님께서 무리를 해가며 우리를 이곳에 보내신 이유가 있었군."

아이볼에 대한 그들의 칭송은 곧 적탑에 대한 비아냥거림으로 이어졌다.

"멍청한 마법사 녀석들."

"이곳에 오브가 이렇게 잔뜩 쌓여 있는데도 전혀 모르고 있다니."

"흐흐흐. 원래 똑똑한 척하는 녀석들이 오히려 더 미련하고 잘 속는 거 몰라? 마법사 녀석들도 그런 놈들과 마찬가지인 게지."

"흐흐. 그런 셈인가?"

오브를 발견한 기쁨에 두 복면인은 서로를 바라보며 희희낙락했다.

"자자, 이럴 게 아니라 서둘러서 오브를 꺼내자. 시간을 더 끌었다간 마법사 놈들이 눈치를 챌지도 몰라."

"그건 곤란하지."

둘은 곧장 수정 기둥으로 달려갔다.

"그런데 말이야. 이 수정 좀 이상하지 않아?"

기둥에 박혀 있는 오브를 캐내며 라지가 물었다.

"뭐가?"

"생긴 게 꼭 관 같잖아."

"관?"

듣고 보니 정말 관처럼 생긴 것 같기도 했다.

"말도 안 되는 소리. 세상에 수정으로 만든 관이 어디 있어?"

"그런가? 하지만 유독 이곳에만 오브들이 잔뜩 박혀 있는 것도 그렇고…… 좀 마음에 걸리는걸? 이 오브들이 수정 기둥의 장식처럼 보이기도 하고……."

사실 장식처럼 보이지는 않았다. 오히려 무언가를 잠그는 자물쇠처럼 느껴졌다.

스몰도 비슷한 느낌을 받았는지 표정이 불편해졌다.

"괜찮을 거야. 아이볼 님께서도 아무런 언급이 없으셨잖아?"

"그렇지. 그분이 못 보는 건 세상에 없으니까. 이 수정 기둥에 뭔가 주의할 만한 게 있었으면 틀림없이 말씀해 주셨을 게야."

말은 그렇게 하면서도 정작 등골을 내리누르는 영문 모를 공포심만은 어찌지 못했다.

그러한 공포심을 반영하듯 그들의 손이 빨라졌다.

어느새 10개가량의 오브를 파냈다.

그때였다.

"그게 목적이었나?"

낯선 음성이 들려왔다.

그 음성은 그리 크지 않았지만, 마치 귓가에 속삭이는 것처럼 선명하고 또렷했다.

작업에 열중하던 두 사람은 깜짝 놀랐다.

고개를 돌려보니 어둠 속에서 누군가 그들을 지켜보고 있는 게 아닌가.

"헉!"

"누, 누구!"

둘의 입에서 절로 헛바람소리가 새어나왔다.

누군가가 이렇게 가까이 다가올 때까지 전혀 눈치채지 못하다니. 아무리 오브를 캐는데 집중하고 있었다고 해도 이해할 수 없는 일이다.

소리 없이 나타난 사람은 두말할 것도 없이 람스였다.

마침내 그가 복면인들을 따라잡은 것이다.
하지만 정작 람스는 그들을 쳐다보지도 않았다.
그의 시선은 복면인들이 캐내던 오브에 고정되어 있었다. 아니, 그보다는 오브가 박혀 있던 수정 기둥에 관심이 더 많았다.
"……!"
람스의 표정이 딱딱하게 굳었다.
뭔가 좋지 않은 느낌이 들었다.
그것은 경고와도 같았다.
이쪽 세상에서는 단 한 번도 느껴보지 못한 강렬한 경고.
뭔가가 저 수정 안에 잠들어 있다.
그것이 무엇이건 간에 매우 심각하고 엄청나게 위험한 것임이 틀림없다.
람스는 다소 가라앉은 표정으로 복면인들을 보았다.
"리버스인가?"
그의 물음에 복면인들의 눈빛이 변했다.
"조직의 이름을 어떻게 알고 있느냐!"
적탑주 루비의 예상대로 오브를 노리는 조직의 이름은 리버스였다.
한편, 라지와 스몰은 갑작스런 람스의 출현으로 혼란에 빠졌다.
'이놈은 뭐지?'

'보면 몰라? 복장을 봐. 마법사잖아.'
'그런데 무슨 놈의 마법사가 기척도 없이 나타나?'
'마법을 사용했나 보지.'
'적탑의 마법 중에 그런 마법도 있었나?'
'몰라, 있나 보지. 그나저나 가만 두고 볼 거야?'
'그럴 수는 없지.'

람스 이외에 다른 사람이 없음을 확인하자 용기가 생겼다.

아직은 이놈 한 명에게밖에 들키지 않은 모양이다.

그렇다면 굳이 경계할 필요가 없다.

재빨리 처리하고 자리를 뜨면 그만이니까.

"흐흐흐. 네놈이 누구인지는 모르겠지만……."

"혼자 온 것을 후회하게 될 것이다."

라지와 스몰이 단도를 꺼내들고 람스를 앞뒤로 포위했다.

서늘한 눈빛을 나누더니 어느 순간 득달같이 람스를 향해 달려들었다.

둘 모두 단도를 사용했는데, 그 움직임이 대단히 빨랐다.

제대로 걸리기만 하면 한순간에 온몸의 뼈와 살을 정확하게 손질해낼 듯한 손놀림이었다.

스아아악!

서걱!

서늘한 검광이 람스의 전신을 뒤덮었다.

그에 대한 람스의 대응은 귀찮은 파리를 쫓듯 손을 휘두르는 정도에 불과했다.

그 단순한 손의 궤적에 복면인들이 걸려들었다.

빠박!

경쾌한 타격음과 함께 복면인들이 쓰러졌다.

"으아악!"

"히익!"

쓰러진 복면인들이 뺨을 움켜쥐고는 죽을 듯이 비명을 질렀다.

그들은 특수한 훈련을 받았다.

어지간한 고통에는 얕은 신음 한 번 흘리지 않는다.

하지만 람스의 타격은 그런 훈련조차도 무의미하게 만들 정도로 엄청난 고통을 안겨주었다.

그야말로 얼굴이 활활 불타오르는 듯한 통증이었다.

"적탑에 숨어들 정도로 간이 큰 녀석들치곤 대단한 실력은 아니군."

람스가 쓰러진 자들을 내려다보며 중얼거렸다.

생각보다 훨씬 실력이 뒤떨어지는 자들이다.

이런 실력으로 어떻게 마법사들이 우글거리는 적탑에 침입할 생각을 했을까.

'어, 엄청난 녀석이다.'

'이런 괴물 같은 녀석이 지키고 있었을 줄이야.'

라지와 스몰은 덜덜 몸을 떨었다.

뭐란 말인가. 방금 전의 그 움직임은.

그들의 치밀한 공격을 간단하게 피해내다니.

마치 소드마스터를 상대하는 기분이다.

'저놈 마법사 맞아?'

람스의 정체가 의심스러웠다.

마법사면 마법사답게 마법이나 쓸 것이지, 주먹이 웬 말인가.

'어떻게 하지?'

라지가 눈으로 물었다.

'이렇게 된 이상…… 어쩔 수 없지.'

스몰의 두 눈에 단호한 빛이 어렸다.

최후의 수단을 쓰자.

라지는 조금 갈등하는 눈치였다.

그러나 곧 고개를 끄덕였다.

'알았다. 그럼 오브는 내가 맡도록 하지.'

의논을 마친 두 사람은 각자의 행동에 들어갔다.

라지는 비틀거리며 몸을 일으켰고, 스몰은 품에서 뭔가를 꺼내 먹었다.

꿀꺽.

작은 구슬 같은 약이 목구멍을 넘어갔다.

곧 뱃속 깊은 곳에서 뜨거운 열기가 솟구쳤다.

"크으으윽!"

미칠 듯한 통증에 스몰은 몸을 뒤틀며 괴로워했다.
"크, 크아아아아!"
그가 비명을 터트렸다.
작은 덩치에 어울리지 않는 우렁찬 괴음이었다.
그 비명을 시작으로 그의 신체에 변화가 일어나기 시작했다.
투드드득.
질긴 나무뿌리가 끊어지는 듯한 소음이 들려오더니, 그의 몸이 점점 풍선처럼 부풀어 올랐다.
그 모습을 지켜 본 람스가 눈살을 찌푸렸다.
"몹쓸 물건을 사용했군."
잠깐 사이에 스몰의 몸은 세 배 이상 부풀었다.
이제 더 이상 그는 작지 않았다.
오히려 어지간한 사람은 한참을 내려다봐야 할 정도의 거인이 되었다.
커진 것은 키만이 아니었다.
몸 자체도 부풀어 올라서 오우거가 부럽지 않을 지경이었다.
"으하하하하. 이 몸은 이제 무적이 되었노라."
스몰은 변화된 육체에 도취된 듯 동굴이 쩌렁쩌렁 울리도록 웃음을 터트렸다.
전신에 힘이 넘친다.

뭐든지 해낼 수 있을 것 같다.

힘이 넘치니 두려움도 사라졌다.

약을 먹기 전에는 괴물로 변하는 것이 두려웠지만, 이젠 그렇지 않다.

오히려 자신이 얼마나 강해졌는지 시험해 보고 싶었다.

마침 쓸 만한 상대가 곁에 있었다.

"이놈. 좀 전엔 고마웠다. 이번엔 네놈이 한 번 당해 봐라!"

스몰이 람스를 향해 주먹을 휘둘렀다.

거대한 덩치에도 불구하고 움직임은 섬전과 같이 빨랐다.

쾅!

지축이 흔들리고 천장에 매달린 수정들이 우르르 떨어졌다.

스몰의 힘은 정말 대단했다.

주먹이 떨어진 지면이 50여 미르나 움푹 들어갔다.

람스는 그곳에 없었다. 주먹을 날리자마자 몸을 피했다.

스몰은 아쉬워하지 않았다.

애초에 최선을 다한 일격도 아니다. 그저 힘이 얼마나 강해졌는지 궁금했을 뿐이다.

장난하듯 후려친 주먹에 깊은 손자국이 남다니.

만족스럽다.

정말 무적으로 거듭난 것 같다.

이 힘이라면 세상에 두려울 것이 없다.

"좋은가? 그런 괴물이 된 것이?"

람스가 나지막한 음성으로 물었다.

"물론! 이제 나는 강하다. 더 이상 작지 않아!"

"넌 힘과 몸집을 위해 인간성을 버렸다. 후회하지 않느냐?"

"상관없어! 아이볼 님께서 몇 시간 후면 좋아진다고 말씀하셨다."

"아이볼이 누군지는 모르지만…… 거짓말을 했다. 넌 이제 원래의 모습으로 돌아갈 수 없다."

"뭣이?"

스몰의 얼굴이 험상궂게 일그러졌다.

인간으로 돌아갈 수 없다고?

이대로 영원히 괴물로 살아야 된단 말인가.

"헛소리!"

스몰은 부정했다.

알지도 못하는 녀석의 허튼소리라고 생각했다.

놈이 약에 대해서 어떻게 안단 말인가.

"알아. 원래 내가 있던 곳에서도 그런 약을 잘 쓰는 녀석이 하나 있었지. 장난삼아 실험을 하던 녀석이었는데, 아무래도 이쪽에도 그런 녀석이 있는 모양이군."

"……!"

스몰의 눈동자가 미세하게 흔들렸다.

불안했다. 람스의 흔들림 없는 눈빛.

어쩐지 거짓말을 하는 것 같지 않았다.

'설마 정말이란 말인가. 아이볼 님이 날 속였단 말인가?'

아이볼이 최후의 수단이라고 건넨 약.

그 약이 있었기에 이 어려운 임무를 라지와 스몰, 두 사람이 맡을 수 있었다.

그런데 지금 람스는 그가 아이볼에게 속았다고 말하고 있었다. 약을 먹으면 두 번 다시 돌아오지 못한다고.

"그럴 리 없다!"

스몰이 괴성을 질렀다.

성난 고릴라처럼 가슴을 쾅쾅 두드리더니 무서운 기세로 람스에게 달려들었다.

쿵! 쿠쿵!

괴물이 바닥을 쓸듯 두 팔을 휘둘렀다.

그의 손에 걸리는 것은 뭐든 박살이 났다. 값비싼 수정들이 유리처럼 부서지며, 파편이 사방으로 튀었다.

"으하하하하!"

스몰의 괴성이 커졌다.

힘을 쓰면 쓸수록 그는 거칠고 흉포해졌다.

이제 그는 정말 괴물이라고 불릴 만한 존재로 변해 버렸다.

우르르르.

동굴의 진동이 한층 더 강해졌다.

'위험하군.'

람스는 동굴 자체가 그리 오래 버티지 못할 것임을 알았다.

이대론 동굴의 붕괴와 함께 모두가 죽게 될 것이다.
 더 이상 괴물을 방치할 수 없게 되었다.
 "하는 수 없지."
 괴물의 공격을 피하기만 하던 람스가 앞으로 나섰다.
 "이 쥐새끼 같은 놈이!"
 람스를 잡지 못해 안달이던 괴물이 괴성을 지르며 벌레를 잡듯 람스를 찍어 눌렀다.
 쩌엉!
 쇳소리가 울렸다.
 "크윽!"
 괴물이 신음을 삼키며 손바닥을 움켜쥐었다.
 쩌릿한 통증이 일었다.
 람스가 머리 위를 덮쳐오는 괴물의 손바닥을 송곳으로 찌르듯 주먹으로 올려친 것이다.
 그 한 번을 시작으로 람스의 본격적인 공격이 전개되었다.
 미끄러지듯 나아간 람스가 괴물의 무릎을 타고 올랐다. 그러곤 가볍게 말아 쥔 주먹으로 그의 가슴을 슬쩍 찍어냈다.
 쩌엉!
 그저 가볍게 후려친 것임에도 마치 쇠를 때린 듯한 거친 소음이 일었다.
 "크어엉!"
 괴물이 비명을 토해냈다.

큰 충격을 받은 듯 몸을 휘청거렸다.

람스는 추격을 하듯 다시 몸을 날렸다.

괴물의 미간, 인중, 목, 명치에 주먹을 날렸다.

쩡! 쩡! 쩡! 쩡!

그의 주먹이 괴물의 몸에 박힐 때마다 웅장한 소음이 울렸다.

괴물은 그때마다 비명을 지르며 지축을 울리는 발소리와 함께 뒤로 물러섰다.

"단단하군."

람스가 중얼거렸다.

괴물의 신체는 놀랍도록 단단했다.

아무리 덩치가 커졌다고 해도 내부의 구조는 인간과 같을 줄 알았다.

그러나 실제로 괴물은 인간과는 전혀 다른 그 무엇이었다.

몸속의 뼈는 무쇠처럼 단단했고, 피부는 몬스터보다도 질겼다. 내장 또한 뼈와 단단하게 밀착되어서 어지간한 충격으로는 타격을 줄 수 없었다.

람스가 괴물에게 공격을 가한 지점은 하나같이 죽음을 부르는 치명적인 급소.

그런 급소를 무려 네 곳이나 당했다.

그럼에도 괴물은 그저 몸만 조금 휘청거렸을 뿐이다.

"크, 크흐흐. 과연 대단한 놈이군. 하나 네놈의 공격은 내게 통하지 않는다."

 괴물은 더더욱 자신감을 얻었다.

 람스의 공격이 자신에게 통하지 않는다고 생각했기 때문이다. 하지만 괴물의 의기양양한 외침에도 불구하고 람스의 얼굴에선 조금의 불안도 보이지 않았다.

 "글쎄. 과연 그럴까?"

 람스가 무표정한 얼굴로 반문했다.

 "흥. 어린 놈. 괜한 객기를 부리고 있구나. 네 공격이 내게 통하지 않는다는 것은 방금 전에 보지 않았느냐. 그 작은 주먹으로는 날 죽이긴커녕 상처조차 입히지 못한다."

 괴물은 가슴을 두드리며 자신만만하게 외쳤다.

 그런 괴물을 보며 람스는 차게 웃었다.

 "내 공격은 이제부터 시작이야."

 "뭣이?"

 괴물은 람스의 말을 이해하지 못했다.

 '지금부터 제대로 공격을 한다는 말인가?'

 방금 전의 공격도 사실 굉장한 충격이었다.

 인간이 손과 발만으로 그런 과격한 충격을 줄 수 있다는 것이 믿기지 않았다.

 말 탄 기사가 전력으로 돌진해 와도 이렇게 아프지는 않을 것이다.

 그런데 그게 전부가 아니란 말인가?

더 강한 공격이 남아 있다고?

그러나 람스의 말은 그런 의미가 아니었다.

"피부가 두꺼워서 그런지 감각도 둔한 모양이군."

"......?"

대체 무슨 소리란 말인가.

하지만 괴물은 곧 그의 말뜻을 이해할 수 있었다.

"으으으...... 뜨겁다."

몸의 여러 곳이 갑자기 견딜 수 없을 만큼 뜨겁게 느껴졌다. 대체로 이마와 목, 가슴과 복부 쪽에서 일어난 변화였다.

하나같이 람스가 타격을 가한 부위.

처음엔 간지러움이었지만, 이내 참을 수 없는 뜨거움으로 변했다.

손으로 뜨거운 가슴 부위를 만지던 괴물은 크게 놀랐다.

"부, 불! 불이다!"

놀랍게도 그의 가슴이 활활 불타고 있었던 것이다.

불이 붙은 곳은 가슴뿐만이 아니었다.

그의 이마와 목, 그리고 배 쪽에도 검붉은 불길이 날름날름 혀를 내밀며 그의 육체를 갉아먹고 있었다.

공격은 이제 시작이라던 말의 의미는 바로 이것이었다.

본격적으로 한바탕 놀아보겠다는 말이 아니라, 기존에 날린 공격이 이제부터 본격적으로 활성화된다는 의미였다.

람스의 주먹은 평범하지 않았다.

그는 괴물의 몸을 타격하며 그 내부 깊숙한 곳으로 불을 집어넣었다. 내장을 태운 화염이 이제야 비로소 피부를 녹이고 외부로 모습을 드러낸 것이다.

"으아아아악!"

괴물은 미칠 듯한 비명을 질렀다.

몸에 붙은 불을 끄기 위해 허둥댔다.

두터운 손바닥으로 비벼도 보고, 바닥을 굴러도 보았지만 불은 꺼지지 않았다. 오히려 손에까지 검은 불길이 번지며 사태가 더욱 악화됐다.

마계의 검은 불.

이 검은 불은 집요하고 치밀하여 목표를 모조리 먹어치우기 전에는 결코 만족하는 법이 없었다.

"끄으으응!"

결국 괴물은 힘없는 신음과 함께 무너졌다.

람스는 말없이 괴물을 내려다보다 시선을 돌렸다.

한 녀석은 쓰러졌다.

하지만 아직 한 녀석이 더 남아 있었다.

*   *   *

'히, 히이익!'

괴물이 쓰러지는 모습을 본 라지는 속으로 비명을 질렀다.

'설마 스몰이 저렇게 간단히 쓰러질 줄이야.'

아이볼이 건넨 약.

그 약을 먹으면 괴물로 변하지만 엄청난 능력을 손에 쥐게 된다. 수십 명의 기사들과 정면대결을 펼쳐도 밀리지 않을 정도로 강해지고, 마법에 대한 내성도 대단히 높아진다.

그야말로 이번 일을 위한 비장의 무기였던 셈이다.

그런데 그 비장의 무기가 허무하게 쓰러졌다.

그것도 적탑의 마법사 절반과 함께 죽은 것도 아니고, 고작 한 명의 마법사에게 제대로 된 공격 한 번 못한 채 불길에 휩싸여 쓰러지고 말았다.

'무슨 저런 괴물 같은 놈이 다 있단 말이냐!'

라지는 기가 막혔다.

괴물로 변한 괴물보다 더 괴물 같은 능력을 가진 놈이다.

'이, 이런 이야기는 들은 적이 없어.'

괴물로 변한 동료가 허무하게 쓰러진 시점에서 이미 그는 제정신이 아니었다.

어떻게든 람스에게서 도망쳐야만 했다.

하지만 아이볼의 명령이 그의 발을 붙들었다.

아이볼은 수단 방법을 가리지 말고 어떻게든 오브를 가져오라고 명했다.

람스도 무섭지만, 아이볼은 그보다 더 무서웠다.

라지의 손길이 바빠졌다.

괴물과 람스가 싸우고 있을 때부터 그는 수정에 박힌 오브를 빼내고 있었다.
　이제 남은 오브는 열 개도 채 되지 않았다.
　그는 수정을 부술 각오로 검을 휘둘렀다.
　등 뒤에서 람스의 목소리가 들려왔다.
　"그만둬! 그 수정을 건드리지 마라!"
　라지는 그의 경고를 무시했다.
　당연하다. 람스는 적이 아닌가.
　그의 말을 순순히 따를 정도로 라지는 순진하지 않았다.
　'이런……'
　람스의 눈빛이 차가워졌다.
　어떻게든 수정이 부서지는 것만은 막아야 했다.
　수정 안에 잠들어 있는 것이 무엇이건 간에 깨어나면 세상이 위태로워진다.
　람스가 발을 박찼다.
　그의 움직임이 한순간 섬전처럼 빨라졌다.
　쉭 하는 바람소리와 함께 어느새 라지의 곁에 내려섰다.
　"그만둬!"
　람스가 라지의 어깨를 잡아챘다.
　검을 휘두르던 라지가 벌러덩 나자빠졌다.
　"헉!"
　데굴데굴 굴러간 라지가 비명을 삼켰다.

'어떻게……?'

그는 혼란에 빠졌다.

분명 그가 수정을 향해 검을 휘두를 때만 해도 람스는 저만치 먼 곳에 있었다.

적어도 30미르 이상.

그런데 검을 휘두르는 그 짧은 순간에 그의 곁에 내려선 것이다.

공간을 도약한 것처럼 엄청나게 빠른 움직임이었다.

'이, 이제 죽었구나.'

라지는 실의에 빠졌다.

수정을 부수고 오브를 챙긴 후에 재빨리 아이볼이 준 마법 아이템을 사용해서 도망가려고 했는데…….

만사가 다 틀어졌다.

이제 저 괴물 같은 놈에게 죽는 일만 남았다.

눈앞에 맞닥뜨린 죽음의 공포에 라지는 몸을 벌벌 떨었다.

그에 반해 정작 람스는 그를 보지 않고 있었다.

'좋지 않아.'

람스의 시선은 오브가 박혀 있던 수정에 고정되어 있었다.

수정의 봉인을 지탱하던 오브들.

30개가 넘던 오브는 이제 고작 10개도 남지 않았다.

수정 속에 봉인된 존재를 압박하던 압력도 그만큼 사라졌다는 말이 된다.

그리고 그 영향이 지금 서서히 일어나고 있었다.
아니, 그것은 시작과 동시에 급격히 팽창했다.
텅!
쇳소리와 함께 수정에 박혀 있던 오브 하나가 튕겨졌다.
그것이 시작이었다.
텅텅텅! 텅텅텅텅!
오브들이 연속적으로 수정에서 떨어졌다.
순식간에 모든 오브들이 떨어져나갔다.
오브들을 모조리 떨궈낸 수정은 용틀임을 하듯 진동을 시작했다.
'놈이…… 깨어난다.'
수정 속에 잠들어 있는 괴물.
그것이 지금 깨어나고 있었다.

드드드드드.
오브를 모두 날려 버린 수정 기둥이 용틀임을 하듯 부르르 진동했다.
끄그그그극.
수정 동굴이 금방이라도 무너질 것처럼 긴 신음을 터트렸다.
쩌저저적.
천장부분에서부터 시작된 균열이 수정 기둥을 뒤덮었다.
두쿵!
난데없이 들려온 묵직한 진동.
"흐윽."

라지가 비명을 질렀다.

두쿵하는 진동과 함께 엄청난 압력이 몰아닥쳤기 때문이다.

두쿵 두쿵!

다시 들려온 진동.

"아아악!"

라지가 몸을 뒤틀며 자지러졌다.

온몸을 쥐어짜는 압력이 배가 되었다.

비록 그처럼 고통스러워하지는 않았지만 람스의 표정 또한 심각하게 변했다.

이 진동······.

'심장소리란 말인가?'

그의 생각을 증명이라도 하듯 진동의 간격이 점차 빨라졌다.

두쿵! 두쿵! 두쿵! 두쿵!

진동과 함께 사위를 내리누르는 압력 또한 점차 강해졌다.

그것은 확실히 심장고동 같았다.

터무니없이 크고 소란스러운 심장소리.

쯔걱!

거센 심장소리와 함께 수정 기둥의 균열이 마침내 정점에 달했다.

이어진 붕괴.

콰아앙!

요란한 굉음과 함께 수정 기둥이 폭삭 내려앉았다.
먼지가 구름처럼 일어나 사위를 뒤덮었다.
'나왔다.'
수정 기둥 속에 갇혀 있던 존재가 깨어났다.
봉인의 사슬을 풀고 세상 밖으로 모습을 드러낸 것이다.

*　　　*　　　*

거대한 존재감.
하늘과 땅, 그 모두를 뒤덮어 버릴 듯한 맹렬한 압력.
봉인에서 풀려난 그것은 생각했던 것보다도 훨씬 가공스런 힘을 뿜어내고 있었다.
람스는 긴장이 역력한 표정으로 뿌연 연막 너머를 보았다.
대체 무엇일까.
수정 기둥 속에 갇혀 있던 존재는.
스으으.
검은 그림자 하나가 반짝이는 수정들의 잔해 속에서 서서히 몸을 일으켰다.
람스는 안력을 집중했다.
그것은 흰 옷을 입고 있었다.
눈처럼 하얗고 깨끗한 상의에, 마찬가지로 하얀 치마를 입고 있었다. 격전의 흔적인 듯 찢어지고 해진 짧은 치마 아래로 매끈한 다리가 길게 뻗어 있었다.

훤하게 드러난 다리가 어찌나 하얗던지 흰 치마가 무색할 지경이었다.

또 그것은 가면을 쓰고 있었다.

하얀 가면.

가면에 그려진 표정은 험악한 분위기와 어울리지 않게 밝은 미소를 그리고 있었다.

'소녀?'

놀랍게도 잔해 속에서 몸을 일으킨 그것은 18세 정도로 보이는 소녀였다.

소녀라니.

전혀 생각지도 못한 존재의 출현에 천하의 람스도 놀라지 않을 수 없었다.

고대 시대의 괴물이나 그에 버금가는 흉악한 존재일 줄 알았는데, 정작 나타난 것은 바람만 불어도 날아갈 것처럼 보이는 연약한 소녀였다.

하지만 람스는 긴장을 늦추지 않았다.

저것의 겉모습은 비록 하늘하늘한 소녀일지는 모르나, 그 존재감은 결코 가볍지 않다.

오히려 세상 전부를 뒤덮어 버릴 듯한 적의를 품고 있다.

그런 람스의 생각에 맞장구라도 치듯, 소녀에게 변화가 일어났다.

변화의 시작은 소녀의 그림자였다.
"끼기기기긱!"
 기이한 소음과 함께 그녀의 그림자 속에서 검은 기운이 뭉클뭉클 일어났다.
 솜사탕모양으로 솟아오른 기운이 소녀의 몸과 닿더니 어느 순간 급격히 그 세를 확장하기 시작했다.
 그림자 속에서 일어난 어둠이 소녀를 감싸고 풍선처럼 부풀었다. 순식간에 소녀의 전신을 뒤덮고 이내 거대하게 일어났다. 덩치가 커진 어둠은 대신 색이 옅어져 그 내부가 훤히 들여다보였다.
 어둠에 먹힌 소녀가 허공으로 둥둥 떠올랐다.
 '그렇군. 내가 느꼈던 그 추악한 존재감은…… 바로 저것이었어.'
 람스를 긴장하게 만든 그 거대한 존재감.
 그 원흉은 소녀가 아니라 소녀의 그림자 속에 숨어 있었던 어둠이었다.
 '대체 저게 뭐지?'
 람스는 의문을 느끼지 않을 수 없었다.
 그는 저쪽 세상에서 수많은 일을 경험했다. 그곳에서 갖가지 괴물들을 만나고 싸웠다. 하지만 그 어디에서도 이처럼 괴이한 존재를 보지 못했다.
 괴물은 생물이라기보다는 '어둠' 그 자체로 보였다.

그러나 분명 살아 있었다.

인공적인 생명체인 골렘과도 다르다.

겉모습은 아메바나 슬라임과 같은 존재처럼 느껴지지만, 그 존재감만은 비교가 안 된다.

"끼기기기긱!"

소녀를 품은 암흑이 몸을 비틀며 기분 나쁜 소리를 냈다.

람스는 그것이 괴물의 웃음이라고 생각했다.

괴물은 지금 기뻐하고 있는 것이다.

봉인이 풀린 것을.

그리고 소녀의 몸을 차지한 것을.

암흑이 소녀를 먹은 걸까?

아니다. 그런 관계와는 다르다.

암흑과 소녀 사이에 끈끈한 유대가 느껴진다.

마치 부모가 자식을 품에 안고 보호하듯, 암흑은 소녀를 감싼 채 소중하게 돌보고 있었다.

그 어떤 외부의 공격으로부터도 안전하게 보호하려는 듯.

'무슨 관계인지 모르겠군.'

람스는 소녀와 암흑 간의 관계를 이해할 수 없었다.

그때였다.

먼 곳에서 빠르게 접근해 오는 기척이 있었다.

"지진이 난 것 같은데…… 무슨 일이라도 있었나?"

말과 함께 누군가가 람스의 곁에 섰다.

파에톤이었다.

민물트롤들을 물리친 그가 동굴의 이변에 이곳까지 달려온 것이다.

"대체 이곳에서 무슨 일이 있었는지 모르…… 응?"

손부채질로 먼지를 날려 보내던 파에톤이 뒤늦게 소녀를 발견했다.

그는 휘둥그레진 눈으로 람스를 보았다.

"침입자 중에 여자가 있었는가?"

람스는 고개를 저었다.

"저 여자는 원래부터 이곳에 있었네."

"원래부터 있었다고? 설마, 이곳에서 살고 있었다는 말은 아니겠지?"

"그녀는 수정 기둥 속에 봉인되어 있었네."

"수정 기둥 속에 봉인되어 있었다고?"

파에톤은 람스의 말을 쉽게 믿지 못하는 눈치였다.

이곳은 적탑의 마법사들도 알지 못하는 지하의 비밀 공간.

그런데 이곳에 여자가 봉인되어 있었다고?

"저렇게 가냘픈 여자가?"

영 믿지 못하겠다는 눈치다.

"그런데 이 여자는 어떻게 허공에 떠 있는 건지 모르겠군. 마법 때문에 그런 것은 아닌 모양인데."

파에톤이 소녀에게 관심을 보였다.

처음 눈에 들어온 것은 소녀의 늘씬한 다리다.

다음으로 보게 된 것은 허공에 떠 있는 괴이한 모습.

사실 소녀는 그림자에서 나온 암흑에게 먹혀 허공에 둥둥 떠 있는 것이었지만, 정작 파에톤은 그녀를 감싼 암흑을 보지 못했다.

암흑의 색이 그만큼 옅어졌기 때문이다.

파에톤의 시선이 다시 이동했다.

축 늘어진 팔 다리, 감겨진 두 눈.

"어라? 저 여자 의식이 없는 건가?"

소녀는 확실히 의식이 없는 듯 보였다.

그런데 대체 어떻게 허공에 떠 있을 수 있는 걸까.

마지막으로 그는 소녀의 얼굴을 덮고 있는 하얀 가면을 보게 되었다.

"소울러로군."

소녀의 정체를 알겠다는 듯 파에톤이 말했다.

"소울러?"

람스가 물었다.

"자네 소울러를 모르나?"

람스는 대답 대신 고개를 끄덕였다.

"허. 자네 대체 어디에서 뭘 했던 겐가. 마탑주란 사람이 소울러 같은 기본적인 상식도 모르고."

람스는 대답하지 않았다.

그로서는 소울러와 같은 기초 상식을 모르는 것이 당연했다. 어린 시절 이후로는 줄곧 저쪽 세상에 있었기 때문이다.

파에톤도 굳이 그의 사연이 궁금한 눈치는 아니었다.

"흠. 아무래도 산골 깊은 곳에 처박혀서 세상 돌아가는 일은 전혀 몰랐던 모양이군. 좋네, 자네를 위해 특별히 설명해 주지."

파에톤은 여자를 가리키며 말을 이어나갔다.

"세상엔 소울러라고 하는 특별한 능력을 가진 존재가 있네. 소울러가 뭐냐 하면…… 그렇지, 정령술사. 자네도 정령술사 정도는 알고 있겠지?"

람스가 고개를 끄덕였다.

그 정도야 세 살 먹은 아이도 알고 있는 지식이다.

파에톤의 말이 이어졌다.

"소울러는 바로 그 정령술사와 비슷한 능력자일세. 다만 정령술사가 정령과 계약을 맺는데 반해 소울러는 오래된 물건이나 무기 같은 것과 계약을 한다고 하더군."

"오래된 물건?"

람스는 언뜻 이해가 가지 않았다.

오래된 물건과 계약을 하는 것이 무슨 쓸모가 있단 말인가.

"자세한 것은 나도 모르네만 소울러의 슬레이브가 된 사물은 특수한 능력을 가지게 되는 모양일세. 말하자면 정령과 같은 존재로 변한다고 할까? 예를 들어 벽장시계를 소울하면 그 순간 평범한 벽장시계가 벽장시계 정령으로 변해서 제 마음대로 떠들고, 밧줄을 소울하면 마치 뱀처럼 움직이게 된다고 하더군."

람스가 고개를 끄덕였다.

대충 이해가 되었다.

한 마디로 사물을 조종하는 능력자란 말이다.

그 비슷한 능력을 가진 존재를 저쪽 세상에서도 본 적이 있었다.

"그런데 자네는 어떻게 저 소녀가 소울러인지 알아봤는가?"

람스가 물었다.

"간단하네. 그녀가 가면을 쓰고 있기 때문이지. 수행 중인 소울러는 저 여자처럼 가면으로 얼굴을 가리는 것이 철칙이거든. 저 여자는 흰 가면을 쓰고 있고, 웃는 표정이 그려진 걸로 보아 소울러 중에서도 직책이 높은 모양이군."

소울러에 대해 간략하게 설명하던 파에톤은 무슨 생각이 떠오른 듯 고개를 갸웃거렸다.

"그런데 어떻게 소울러가 이런 곳에 있는 거지? 이곳은 적탑의 마법사들도 모르는 비밀 공간인데 말이야."

그것은 람스도 모르는 일이다.

람스는 한 구석에서 덜덜 떨고 있는 라지를 쳐다보았다.

이곳을 발견한 사람은 바로 라지와 괴물로 변한 스몰이라는 자들이다.

그라면 혹시 소녀에 대해 알고 있지 않을까?

"알고 있는 게 있나?"

람스의 물음에 라지는 고개를 좌우로 정신없이 흔들었다. 그는 소녀에 대한 공포로 정신이 반쯤 나간 상태였다.

"저, 저도 모릅니다. 아이볼 님에게서 저런 여자에 대한 이야기는 들은 적이 없습니다."

표정으로 보아 거짓말을 하는 것 같지는 않았다.

그 역시 여자의 존재는 몰랐던 것이다.

하긴 그들이 처음부터 노린 것은 수정 기둥에 박혀 있던 오브들이었다. 설마 그 오브가 소녀를 봉인하는 중요한 물건인 줄은 꿈에도 몰랐을 것이다.

'아이볼.'

람스는 라지가 언급한 '아이볼'이라는 이름을 속으로 되뇌었다.

라지에게 명령을 내렸다는 의문의 인물.

어쩌면 리버스의 핵심인물인지도 모른다.

람스는 언제가 그와 한 번 마주칠 것이라는 운명적인 예감을 느꼈다.

그때였다.

소녀를 감싼 채 꿈틀대던 암흑 덩어리에 변화가 일어났다.

츠르륵. 촤악!

거대하게 부풀어 오르던 팽창을 그만두고 수축을 시작했다.

그제야 파에톤도 소녀를 감싼 암흑을 보게 되었다.

"뭐야, 저건?"

너무 큰 물체는 오히려 사람의 눈에 보이지 않는다.

그가 지금까지 암흑을 보지 못한 것은 그것이 너무 거대했기 때문이다. 하긴 주위를 온통 뒤덮은 불투명한 암흑이 설마 살아 있는 생명체라곤 누구도 생각지 못할 것이다.

파에톤은 그것이 검은 빛깔이 도는 수정의 일종이라고만 생각하고 있었다. 그런데 그것이 움직이기 시작했다.

크기가 줄어들며 둥근 공과 같은 형태가 되었다.

"맙소사. 저건 대체 뭐지?"

파에톤은 암흑에 관심을 보였다.

저런 생명체.

책에서도 본 적이 없다.

람스가 대답했다.

"글쎄. 어쩌면 그녀의 슬레이브인지도 모르지."

"말도 안 돼!"

파에톤이 소리쳤다.

그는 소울러를 몇 번 만날 기회가 있었다.

그들이 소울한 물체도 본 적이 있다.

소울러의 슬레이브는 그 종류가 실로 다양했다.

검이나 갑옷 같은 병장기류에서 스켈레톤 같은 언데드까지.

하지만 암흑을 소울한 소울러는 단 한 명도 없었다.

말도 안 되는 소리라고 생각했다.

그렇게 생각을 하면서도 소녀와 암흑 간의 관계가 범상치 않다는 점은 인정하지 않을 수 없었다.

"어떻게 할 텐가?"

파에톤이 람스에게 물었다.

암흑을 어떻게 처리할지 묻고 있는 것이다.

그도 이제 암흑이 가진 엄청난 존재감을 느끼고 있었다.

"뻔하지 않나."

람스가 자세를 고쳐 잡았다.

파에톤이 씩 웃으며 고개를 끄덕였다.

"과연 그렇군. 대답이 뻔한 질문이었어."

암흑의 사악한 기운이 사방으로 뻗어나가고 있다. 그 속에 웅어리진 원한과 증오가 느껴진다. 이대로 가만 내버려두었다간 큰 일이 벌어질 것이다.

그전에 해치워야 한다.

그렇게 람스와 파에톤이 암흑에 대해 극단적인 결론을 내렸을 때였다.

"크아아아아!"

난데없는 비명성이 터졌다.

그와 동시에 람스의 등 뒤에서 거대한 그림자가 솟구쳤다.

불에 반쯤 탄 흉측한 괴물.

바로 람스에게 당한 스몰이었다.

화염에 휩싸인 채 쓰러진 그가 최후의 발악을 하기 시작했다.

"뭐야? 이 괴물은."

파에톤이 짜증을 냈다.

이 동굴에 들어선 이후로 그는 괴상한 생명체를 너무 많이 경험했다.

개구리를 닮은 트롤이 그랬고, 소울러 소녀를 감싼 암흑이 그랬으며, 지금 나타난 이 사람도 몬스터도 아닌 괴물이 또 그랬다.

"몸이 절반이나 녹았잖아. 그런데도 죽지 않고 살아서 움직이는 거야? 설마 언데드냐?"

언데드로 착각할 만큼 괴물의 모습은 흉측했다.

원래대로였으면 오래전에 죽었어야 할 몸.

그러나 괴물은 죽을 수 없었다.

그의 몸을 변화시킨 약물이 마침내 정신까지 붕괴시켜 버렸다. 이제 그는 피와 살육을 찾는 한 마리의 짐승으로 변해 버렸다. 마침 눈앞에 먹음직스런 먹이가 보였다.

"크하하하하. 모조리 죽여주마!"

괴물이 고함을 지르며 두 사람을 덮쳐갔다.

"입구에서는 커다란 개구리가 귀찮게 굴더니, 이곳에선 죽지도 못하는 괴물이 시비를 거는군."

파에톤이 창을 꺼내들었다.

"귀찮으니까 한 방에 날려 보내줄게."

그의 창이 밝게 빛나기 시작했다.

그렇게 괴물을 한 방 시원하게 날려 보내려 할 때였다.

돌연 람스가 그를 밀쳤다.

"피해!"

"엇?"

파에톤은 이유도 모른 채 람스에게 밀려 바닥을 굴러야 했다.

"이게 무슨 짓……."

재주를 넘듯 몸을 일으킨 파에톤이 람스에게 따지는 그때.

스악!

방금 전 그가 서 있던 곳으로 검고 흉측한 뭔가가 빛과 같은 속도로 날아왔다.

그것은 검은 촉수였다.

검은 촉수가 발사된 곳은 바로 소녀.

아니, 소녀를 감싸고 있는 암흑이었다.

'람스가 아니었다면 꼼짝없이 등을 당했겠군.'

파에톤은 간담이 서늘했다.

촤르륵!

파에톤을 습격하는데 실패한 암흑이 촉수를 빨아들였다.

"끼리릭!"

공격이 실패한 것이 분한 듯 암흑이 요동을 쳤다.

"움직임에 반응한 건가? 아니면 소리나 적의?"

람스가 암흑의 움직임을 추리했다.

그 전까지는 별다른 반응을 보이지 않던 암흑이 괴물의 등장 이후 갑자기 호전적으로 변했다.

호전적으로 변한 것은 암흑 하나만이 아니었다.

"넌 또 뭐냐!"

람스를 덮쳐오던 괴물이 굉음을 터트렸다.

암흑에게 방해를 받았다고 생각한 모양이다.

이성을 상실한 괴물은 괴성을 지르며 다짜고짜 암흑에게 달려들었다.

"끼릭!"

암흑이 촉수를 쏘았다.

몸은 쇠처럼 단단했던 괴물의 몸은 창처럼 날아온 촉수에 어이없이 구멍이 뚫렸다.

하지만 괴물은 그런 작은 상처쯤은 아랑곳하지 않았다.

쿵쿵!

지축을 울리며 달려가더니 바위 같은 주먹으로 암흑을 후려쳤다.

콰앙!

폭음이 터졌다.

"끼이익!"

날카로운 소리와 함께 암흑이 크게 휘청거렸다.

"으하하. 이놈 죽어라! 죽어!"

한 방의 쾌감에 고무된 괴물이 주먹을 연속으로 날렸다.

쾅쾅쾅!

암흑이 이리저리 심하게 흔들렸다. 간간히 촉수를 날렸지만, 괴물을 무너뜨리기엔 역부족이었다.
 "이거 아무래도 우리가 나설 차례가 없을 것 같은데?"
 파에톤이 어깨를 으쓱하며 말했다.
 설마 괴물과 암흑이 싸움을 벌일 줄이야.
 그러나 람스의 표정은 그리 편하지 않았다.
 그는 암흑의 기운을 민감하게 살피고 있었다.
 괴물에게 호되게 두드려 맞고 있지만, 암흑의 존재감은 전혀 줄어들지 않았다.
 아니, 오히려 점점 증폭되고 있다.
 훨씬 더 폭력적이고 강렬한 형태로.
 우뚝!
 소나기처럼 퍼부어지던 괴물의 주먹이 어느 순간 허공에 멈춰졌다.
 괴물이 관용을 베푼 것이 절대 아니었다.
 무언가가 괴물의 손을 붙든 것이다.
 "크흐. 뭐야, 손도 있었나?"
 괴물이 으르렁거리며 말했다.
 그의 팔을 붙든 것. 그것은 암흑의 손이었다.
 촉수만 쏘던 둥근 공과 같던 암흑.
 그 한쪽에서 불쑥 거대한 검은 팔이 튀어나왔다.
 '흉내를 낸 건가?'
 암흑의 새로운 팔은 괴물의 그것과 구조나 모양이 매우 흡사했다. 두드려 맞으면서 모양을 복사한 것이 틀림없었다.
"크아아."
한 쪽 팔을 봉쇄당한 괴물은 분노의 울부짖음을 터트렸다.
그러나 곧 그는 암흑에게 팔이 하나뿐이라는 것을 눈치챘다.
"크흐흐. 유감스럽게도 난 팔이 두 개야!"
괴물이 득의의 괴성을 지르며 왼쪽 팔을 휘둘렀다.
"끼릭!"
암흑이 요동을 쳤다.
검게 물든 구석에서 거대한 기둥 같은 것이 솟구치더니 순식간에 팔로 변했다.
그 팔이 괴물의 왼쪽 주먹을 막아냈다.
"크아아아아!"
두 팔이 모두 봉쇄된 괴물이 난동을 부렸다.
암흑에게 잡힌 팔을 빼기 위해 안간힘을 썼지만, 아무리 용을 써도 옴짝달싹할 수가 없었다.
'변화가 시작된다.'
람스의 눈이 커졌다.
괴물의 팔을 복사한 암흑.
암흑은 생각을 할 수 있게 되었다.
그리고 그 지능을 바탕으로 변화하기 시작했다.
촤륵! 촤르르륵!
암흑의 이곳저곳에서 검은 기둥이 솟구쳤다.

그것은 이내 팔로 변했다.

이제 암흑은 여섯 개의 팔을 갖게 되었다.

괴물보다 네 개나 많은 팔.

그 팔들이 괴물에게 복수의 칼을 뽑아들었다.

두 팔을 잡힌 채 꼼짝 못하는 괴물의 팔과 배를 움켜쥐더니 맹수가 먹이를 먹듯 산 채로 뜯어내기 시작했다.

쩌걱!

살점과 함께 팔이 떨어져 나가고…….

츄아악!

피가 쏟아져 나왔다.

"끄아아아아!"

두 팔을 잃은 괴물이 고통스럽게 울부짖었다.

그러나 암흑은 차갑고 냉정했다.

미지를 탐구하는 학자처럼 여섯 개의 팔을 이용해 괴물의 몸을 산 채로 해부하기 시작했다.

쯔걱! 찌이이익! 찌극!

피부와 살점을 뜯어냈다.

우드득! 콰각! 드드득!

뼈를 부수고 벌렸다.

그렇게 괴물의 몸을 열고는 내부의 든 것을 모조리 끄집어냈다.

"끄으으으으응!"

괴물이 힘없는 신음을 흘렸다.

마법과 약물로 인해 죽음조차 초월한 괴물이 되었지만, 내장이 모조리 뭉개진 상태에서는 더 이상 버틸 재간이 없었다.

그렇게 괴물은 죽었다.

그러나 암흑의 실험은 계속 되었다.

그 사이 여섯 개의 팔은 더욱 정확하고 정밀하게 움직일 수 있게 되었다.

괴물의 전신을 모조리 분해하고, 신체적 특징을 훔쳐냈다.

모든 정보를 입수한 암흑은 또 다른 변화를 시작했다.

거대한 덩어리가 출렁거리며 일어났다.

둥근 공과 같은 몸체가 세로로 쩍 갈라졌다.

눈.

상처처럼 갈라진 그곳에서 나타난 것은 분명 눈이었다.

이제 암흑은 팔에 이어 눈도 갖게 되었다.

* * *

"저, 저게 대체 뭐야?"

암흑의 변화를 지켜본 파에톤의 음성이 덜덜 떨리고 있었다. 그는 지금 공포를 느끼고 있었다.

농밀한 잔인함에 절로 치가 떨릴 지경이다.

대체 뭐냐.

저 섬뜩한 놈은…….

람스가 입을 열었다.

"저놈은……."

이 엄청난 파괴력.

억제되지 않은 충동.

압도적인 마력.

검고 사악한 어둠의 힘.

이런 어마어마한 능력을 가진 존재를 그는 딱 하나 알고 있었다.

어둠의 지배자.

검고 흉악한 욕망의 종착지.

신의 반대편에 선 자.

"여기 있었군."

람스가 괴물을 보며 하얀 미소를 띠었다.

"마왕."

소녀가 소울한 존재는 다름 아닌 마계의 왕이었다.

〈3권에서 계속〉

문우영 신무협 장편소설
ORIENTAL FANTASYSTORY & ADVENTURE

화신무적

『악공전기』의 감동적인 선율로 출사표를 던진
작가 문우영의 신무협 장편소설.

부드러운 붓끝에서 시공을 초월하는
놀라운 세계가 펼쳐진다!

일획지법(一劃之法) 만시만종(萬始萬終)!
단 한 번의 휘두름에 만물의 법을 담는다!

dream books
드림북스

DUSK HOWLER

더스크 하울러

태선 게임 판타지 소설
GAME FANTASY STORY

『다이너마이트』, 『타나토스』의 작가 태선의 신작!
소심한 성격을 극복하기 위해 밸런스 막장으로
소문난 게임 '트리키아'에 뛰어들었다!

마법사라면 쳐맞아도 주문은 외워야 산다!

어떤 상황에서도 주문을 외는 강철 주둥이,
인간 종족의 이단아가 되어 암흑 진영을 지배한다!

dream books
드림북스